Copyright do texto © 2020 by Luciana Sandroni
Copyright da ilustração © 2021 by Ana Matsusaki

Grafia atualizada segundo o Acordo Ortográfico da Língua Portuguesa de 1990, que entrou em vigor no Brasil em 2009.

Projeto gráfico e ilustração
ANA MATSUSAKI

Consultoria editorial
ANNA RENNHACK

Revisão
BARBARA BENEVIDES
FÁTIMA COUTO

Composição
MAURICIO NISI GONÇALVES

CIP-Brasil. Catalogação na Publicação
Sindicato Nacional dos Editores de Livros, RJ

S211a

Sandroni, Luciana, 1962-0
   As aventuras de Dom Quixote e seu fiel escudeiro Sancho Pança / Miguel de Cervantes ; adaptação de Luciana Sandroni ; ilustrações de Ana Matsusaki. – 1ª ed. – São Paulo : Escarlate, 2021.

ISBN 978-65-87724-03-4

   1. Ficção. 2. Literatura infantojuvenil brasileira. I. Cervantes Saavedra, Miguel de, 1547-1616. Don Quijote. II. Matsusaki, Ana. III. Título.

	CDD: 808.899282
21-69165	CDU: 82-93(81)

Camila Donis Hartmann – Bibliotecária – CRB-7/6472

6ª reimpressão

Todos os direitos desta edição reservados à
SDS EDITORA DE LIVROS LTDA.
Rua Bandeira Paulista, 702, cj. 71D
04532-002 — São Paulo — SP — Brasil
☎ (11) 3707-3500
🔗 www.companhiadasletras.com.br/escarlate
🔗 www.blogdasletrinhas.com.br
🅵 /brinquebook
🅾 @brinquebook

As aventuras de
DOM QUIXOTE
e seu fiel escudeiro Sancho Pança

Miguel de Cervantes

Adaptação de
LUCIANA SANDRONI

Escarlate

Sumário

PARTE I

1. Dom Quixote se torna cavaleiro andante **8**
2. A primeira aventura do herói **15**
3. A luta contra os moinhos de vento **21**
4. Encontro com pastores de ovelhas **26**
5. Confusões na hospedaria **30**
6. O rebanho de ovelhas **34**
7. Sancho zomba de Dom Quixote **38**
8. A história de Cardênio **44**
9. A história de Doroteia **48**
10. Bacia de barbeiro ou capacete de cavaleiro? **55**
11. Dom Quixote volta para casa... na jaula **62**

PARTE II

12. Novas aventuras **68**
13. Dulcineia enfeitiçada **75**
14. O cavaleiro dos leões **78**
15. O barco encantado **84**
16. Um castelo de verdade **87**
17. Medo no bosque **92**
18. Clavilenho: um cavalo voador **96**
19. A ilha Barataria **103**
20. Fim da aventura no castelo **112**
21. Dom Quixote e o Cavaleiro da Lua Branca **116**
22. De volta para casa **121**
23. O fim de Dom Quixote? **124**

Dom Quixote vive **126**

Sobre a adaptadora **127**
Sobre a ilustradora **127**

Parte I

1

Dom Quixote se torna cavaleiro andante

Nossa história começa em uma aldeia da região da Mancha, na Espanha. Nela vivia um homem nobre, fidalgo, bem diferente dos outros: de lança e escudo antigos, cavalo magro e cachorro galgo. Beirava uns cinquenta anos, era alto, forte, magro e madrugador. Seu nome era Alonso Quixano, "o bom", como diziam, por ser caridoso com todos.

Possuía uma fazenda que ia de mal a pior, pois não tinha ânimo para cuidar da terra e do pasto. Na casa também moravam a governanta, de mais de quarenta anos, e a sobrinha, Antônia, de menos de vinte. E um rapaz, que cuidava do campo e dos animais.

Mas o fato, leitor, é que o nobre tinha momentos de lazer – a maior parte do tempo, é bom que se diga –, em que se dedicava à leitura de livros de cavalaria. A paixão era tanta que ele se esquecia da vida e da administração da fazenda só para ler. Chegara a vender terras para comprar livros e passava noites em claro mergulhado nas aventuras de cavaleiros andantes que derrotavam gigantes, defendiam donzelas, lutavam contra injustiças e combatiam feiticeiros.

Quando encontrava o padre da aldeia – homem instruído, literato –, puxava conversa sobre seus heróis preferidos como se fossem gente de carne e osso.

– Quem foi o mais corajoso: Amadis de Gaula ou El Cid? – indagava ele.

Outro que entrava na discussão era o barbeiro Nicolau:

– Para mim, o mais valente, sem dúvida, foi Orlando Furioso! O nome já diz tudo.

E assim, de tanto ler, nosso fidalgo, numa madrugada, misturou tudo na cabeça e enlouqueceu: não distinguia realidade e fantasia, vivia no mundo das histórias, no tempo dos cavaleiros andantes, e só pensava em grandes aventuras, lutas, castelos, desafios e amores. A fantasia para ele era pura realidade. A loucura era tanta que, um dia, pensou o que ninguém jamais pensara: tornar-se ele próprio um cavaleiro andante, resgatar o tempo dos heróis e partir em busca de aventuras.

– Sairei pelo mundo para proteger os fracos e oprimidos! Ah, neste mundo há tantas injustiças por desfazer!

Disposto a colocar em prática tudo o que lera, lembrou-se de que precisava de armadura, escudo, capacete e lança para tornar-se cavaleiro. Providenciou tudo no quarto dos fundos. Animado, encontrou lança, espada e a velha armadura dos bisavós e tratou de limpá-las.

– Ficarão como novas!

No capacete faltava a viseira.

– Com um bom papelão e barras de ferro estará consertado.

Todo esse trabalho demorou uma semana, e a governanta, com a pulga atrás da orelha, resmungou:

– O patrão vivia na biblioteca e agora não sai do quarto dos fundos. Aí tem coisa!

– Decerto está à procura de um livro. Ele só pensa nisso! – disse a sobrinha, suspirando com ar de enfado.

O nobre lembrou que todo cavaleiro andante possuía um belo cavalo e foi ao curral. Encontrou um bem magro, pele e osso, coitado. Porém, na imaginação do fidalgo, tratava-se de um cavalo forte e robusto:

– Agora só preciso lhe dar um nome.

Passou quatro dias a rascunhar nomes no papel. Queria um nome sonoro, forte, como os cavalos dos romances: Babieca, de El Cid, ou Bucéfalo, de Alexandre. Até que lhe veio à cabeça...

– Rocinante!

Animado, lembrou-se de que ele próprio deveria mudar de nome, pois agora era um cavaleiro andante e não mais um simples fazendeiro. Passou uns dias a escrever um nome parecido com Quixano. Até que teve um estalo.

– Dom Quixote! – disse, eufórico. – *Dom Quixote de la Mancha!* Assim, minha terra será sempre lembrada.

O fidalgo lembrou-se de que nos livros todo cavaleiro tinha uma dama, um amor para enaltecer e a quem dedicar suas lutas. Recordou-se de que havia tempos vira uma formosa camponesa em Toboso, a senhorita Aldonça Lourenço. Gostara da moça, porém nunca lhe dirigira uma única palavra. Deu-lhe o nome de Dulcineia de Toboso e por ela enfrentaria batalhas, além de declará-la a mais bela dama de toda a Espanha. E ai de quem discordasse!

Tudo pronto! Tinha cavalo, armas e amada. Era preciso agir! Havia muitas coisas a endireitar neste mundo torto! E então, numa madrugada, sem ninguém notar nem suspeitar, Dom Quixote saiu com armadura, escudo, capacete e lança em punho. Foi até o curral, montou Rocinante e passou pela porteira, adentrando os campos.

– Finalmente chegou o grande dia! – disse, numa alegria imensa ao ver seu sonho se realizando. – Tudo por Dulcineia!

De repente, lembrou-se de que todo cavaleiro que se preze precisava ser armado cavaleiro – leis da cavalaria! Alguém teria que lhe dar um grau de cavaleiro; caso contrário, jamais poderia lutar. Recordou-se de que alguns de seus heróis também haviam passado pela mesma situação e tinham feito o juramento diante da primeira pessoa que encontraram. Ele faria o mesmo. Tudo resolvido, o nobre animou-se e cavalgou, altivo. Imaginou até que, no futuro, um escritor narraria aquele glorioso dia: "Mal o carro de Apolo despontou entre os montes a espalhar seus raios dourados nos campos verdes da Mancha, Dom Quixote deixou o leito aconchegante, montou seu leal cavalo Rocinante e saiu para a glória pela primeira vez".

Com o sol a pino, cavalgou o dia inteiro sem encontrar ninguém e sem contratempos. No final da tarde, cansado e com fome, avistou um armazém desses de beira de estrada, porém, na sua imaginação – na maneira de ver as coisas como nos livros –, o armazém se transformou em um belo castelo com torres, portões, lagos e pontes levadiças:

– Ah! Decerto naquele castelo haverá água! Vamos, Rocinante! Ânimo!

Galopou até lá animado, mas estranhou não ouvir a corneta real anunciando sua entrada. No mesmo momento, um tratador de porcos se aproximou tocando uma gaita, e Dom Quixote – no seu mundo paralelo – ouviu outro fundo musical.

– Finalmente o arauto anunciou minha chegada!

O fidalgo avistou duas moças alegres, com roupas simples. Num segundo, porém, enxergou duas damas elegantes: "Decerto, damas de companhia da princesa". As duas, espantadas, ao ver aquele homem magro, alto, com armadura, escudo, lança e capacete, correram para dentro.

– Calma, formosas damas – disse ele, ao levantar a viseira. – Não vou machucá-las. Ao contrário, estou aqui para defendê-las de qualquer importunação!

As moças riram – nunca haviam sido chamadas de "damas". Dom Quixote, no entanto, não entendeu o motivo da graça. O vendeiro, bonachão, veio lá de dentro e também levou um susto ao se deparar com aquela figura da Idade Média, mas o recebeu cordato.

– Meu senhor, infelizmente não temos leito. Mas o que mais desejar, farei o que for possível para atender.

Dom Quixote acreditou que o vendeiro fosse dono do "castelo".

– Senhor castelão, meu nome é Dom Quixote de la Mancha. Minha vida é a aventura! Meu descanso é a luta!

O homem percebeu que o nobre não batia muito bem da cabeça. "Castelão? Eu?". Mas, como queria ganhar uns cobres, ofereceu ajuda.

– Pelo que vejo, o senhor deve estar com bastante fome. Deixe-me ajudá-lo a desmontar.

– Muito obrigado! – agradeceu ele, com grande dificuldade de apear com aquela armadura e mais as armas. – E, se puderem, deem água e feno ao meu cavalo; ele está acostumado a ser tratado como um verdadeiro cavalo real.

Todos riram, pois Rocinante, coitado, magro daquele jeito, parecia tudo menos um cavalo nobre. E de novo o herói não entendeu a graça: "Por que será que riem tanto?".

Enquanto o vendeiro levava o pobre animal para a estalagem, as moças ajudaram o visitante a tirar as armas, o escudo e a velha armadura, mas o capacete não saía de jeito nenhum.

– Alguém deu um nó cego, Dom Quixote! Posso cortar essa fita verde? – perguntou uma delas.

Mas ele não permitiu e comeu do jeito mais esquisito de todos: pela viseira erguida, as moças lhe davam comida com um garfo, e, para beber o vinho, teve que usar um canudo improvisado. A comida, é bom que se diga, era horrível: uma posta de bacalhau seco com um pão velho e duro. Porém, ao ouvir de novo a gaitinha do tratador de porcos, o nobre imaginava que comia um manjar dos deuses, servido por lindas princesas.

– Um dia ainda hei de retribuir toda a cordialidade – disse, entre uma garfada e outra.

Depois da refeição, o fidalgo, certo de que não poderia lutar antes de ser armado cavaleiro, ajoelhou-se diante do vendeiro:

– Meu caro castelão, suplico-lhe: armai-me cavaleiro! Preciso servir à humanidade! Proteger os pobres e desvalidos!

– Claro! Mas, por favor, senhor, fique de pé! – disse, ajudando-o a se levantar e contendo o riso.

– Muito obrigado! Velarei as armas na capela durante toda a noite.

Nessa hora, o vendeiro se calou, pois não havia nenhuma ali perto do armazém.

– Capela? Ah, a capela está em obras, mas o senhor pode velar as armas no pátio, perto do poço. – E, de repente, lembrou-se: – Por acaso o senhor tem dinheiro?

– Dinheiro? Não tenho. Não me lembro de ler que os cavaleiros andassem com dinheiro.

– Os livros não comentam porque é óbvio: um cavaleiro andante precisa de dinheiro, pomadas, camisas limpas, água, tudo aos cuidados de um escudeiro. Também na juventude fui cavaleiro e sei como é – enrolou o comerciante. – É preciso ser prevenido nas estradas.

Coçando a cabeça, ou melhor, o capacete, o fidalgo se conformou:
– Providenciarei tudo isso!

Dom Quixote foi para o pátio, depositou as armas na bancada do poço e as velou, absorto. Andava de um lado para outro, compenetrado, a olhar para o céu pedindo proteção. Como havia uma grande lua, o vendeiro e os viajantes o observavam, achando graça. Mais tarde, um tratador de animais lembrou-se de dar água às mulas e foi até o poço. Quando se aproximou das armas, o fidalgo, indignado, gritou:
– Rapazote atrevido! Afaste-se daqui! Não ouse tocar nas armas do maior cavaleiro andante!

O tratador, mal-educado, não se intimidou e jogou as armas para longe. Dom Quixote, nervoso, ergueu os olhos para o céu e invocou:
– Dulcineia! Dê coragem a este humilde cavaleiro em sua primeira desavença!

O nobre, irritado, largou o escudo, levantou a lança com as duas mãos e golpeou a cabeça do rapaz, que caiu no chão, desmaiado. Como se nada tivesse acontecido, colocou as armas no lugar e voltou a velá-las. Mais tarde, outro tratador, no intuito de dar água aos animais, dirigiu-se ao poço, e o fidalgo, sem dizer nada, aplicou-lhe o mesmo golpe. Dessa vez, porém, o rapaz deu um berro, e todos vieram correndo acudi-lo, até o vendeiro. Os ânimos se alteraram: os homens se muniram de pedras e paus contra Dom Quixote, que se protegeu com o escudo e brandiu a espada.
– Afastem-se daqui ou verão a fúria de um cavaleiro andante! – E, dirigindo-se ao vendeiro: – Até você, castelão?
– Calma, senhor. Vamos com calma. – E, virando-se para os rapazes, disse baixinho: – Ele é maluco! Vão todos para dentro agora!

Os homens, aos poucos, largaram as pedras e entraram, amparando os dois feridos. O vendeiro, aflito, contornou a situação:

– Mil perdões! Eles não atinaram que o senhor velava as armas. São uns cabeças de vento. – E, querendo livrar-se do fidalgo o mais rápido possível, perguntou: – Vamos adiantar a cerimônia? Assim o senhor poderá partir antes do amanhecer.

Dom Quixote concordou e ajoelhou-se diante dele. Um rapazote trouxe o livro de contas do armazém para servir de livro sagrado, e as moças seguraram uns cotocos de velas. O vendeiro bateu com a espada nos ombros do nobre e disse algumas palavras, como se orasse. Depois, pediu que uma das moças o cingisse com a espada.

– Que Deus o faça um cavaleiro valente! Boa sorte! – disse ela.

– Está armado cavaleiro! – decretou o vendeiro.

Nunca houve na história da cavalaria uma cerimônia tão rápida! Dom Quixote, emocionado, levantou-se e o abraçou.

– Pode contar comigo sempre, meu generoso castelão. – E, beijando a mão das moças, disse: – Nunca me esquecerei de vocês, formosas damas. Muito obrigado!

Em seguida, selou e montou no Rocinante. Saiu com grande contentamento em busca de aventuras.

– Tudo por Dulcineia!

2

A primeira aventura do herói

Dom Quixote, finalmente armado cavaleiro, seguiu satisfeito por iniciar as aventuras. Entretanto, resolveu passar em casa antes e fazer tudo o que o "castelão" lhe recomendara. Depois de caminhar um pouco, notou um tropel, um movimento na estrada: seis mercadores de Toledo montados em belos cavalos a caminho de Múrcia para comprar seda. Imaginou que fossem cavaleiros também e galopou até eles.

– Alto lá! Não ousem prosseguir sem antes confessar que não há dama mais formosa no mundo que Dulcineia de Toboso! – ameaçou, inspirado em situações semelhantes descritas em livros.

Um dos mercadores, fanfarrão, percebendo que se tratava de um desmiolado perdido no tempo, brincou:

– Meu senhor, não podemos confessar tal coisa. Não temos a honra de conhecer a dama. No entanto, se tiver um retrato da donzela, diremos tudo como manda, mesmo que ela tenha um olho vesgo ou seja banguela – disse, rindo.

– Como se atreve a falar assim da rainha da Mancha?! Canalha! – gritou.

E, furioso, avançou sobre o mercador com sua lança. Todavia, o pobre Rocinante tropeçou numa pedra e caiu; o fidalgo, em apuros, tombou no chão, e foi escudo para um lado, espada e lança para outro – um vexame! Os mercadores, rindo, seguiram caminho, mas um dos empregados teve a péssima ideia de pegar a lança do herói e parti-la em pedaços. E, não satisfeito, ainda deu várias pancadas no coitado. Todo quebrado e dolorido, o nobre esbravejou:

– Como agridem um cavaleiro caído?! Covardes! Vis! Isso é contra as leis da cavalaria!

Dom Quixote tentou erguer-se, mas, se antes a velha e pesada armadura já o impedia de se movimentar, imaginem agora, todo machucado... Ficou ali, estirado, lembrando que alguns cavaleiros que haviam passado pela mesma situação, para se animar, pensavam em sua amada.

Dulcineia, senhora minha,
Estou caído e machucado.
Onde estás que não acodes teu amado?

Nesse momento, por sorte, passou um camponês vizinho do fidalgo que o reconheceu:

– Senhor Quixano? O que aconteceu?

– Meu nome é Dom Quixote, meu jovem. E você, quem é?

– Sou seu vizinho, Pedro Alonso.

O camponês o ajudou a se levantar e o colocou sentado no burrico. Pegou a tralha toda do nobre, as rédeas de Rocinante e esperou o anoitecer para levá-lo a sua fazenda, para que ninguém da aldeia o visse naquele estado deplorável.

Enquanto isso, em casa, a governanta e a sobrinha, aflitíssimas, conversavam com o padre e o barbeiro Nicolau:

– Faz dois dias que meu patrão sumiu – disse a governanta, torcendo um lencinho.

– Meu tio andava muito estranho. Lia aqueles livros velhos de cavalaria dia e noite sem pregar os olhos. Depois o vi com a espada, duelando e gritando com um gigante invisível. Os livros o enlouqueceram! A vontade que tenho é de queimá-los todos!

O padre e Nicolau ouviam tudo sem acreditar.

– Mas a situação chegou a esse ponto? – perguntou o padre.

Nesse momento da conversa, ouviram o chamado de Pedro Alonso na porteira, anunciando o retorno do nobre:

– Ô de casa! Encontrei seu Quixano!

– Sou Dom Quixote de la Mancha! – corrigiu o fidalgo. – Chamem Urganda, a feiticeira, para me curar as feridas!

E todos correram para recebê-lo:

– Titio!

– Meu patrão!

– Graças ao Senhor!

Levaram-no para o quarto, e a governanta constatou que não havia ferimento algum.

– Sinto-me moído – disse o nobre. – Caí do cavalo na luta contra dez gigantes! Se Rocinante não tivesse tropeçado, acabaria com todos eles.

– Dez gigantes?! – perguntou o padre, perplexo.

– Isso mesmo! Mas, na próxima, não me escapam.

– Mas onde esteve, titio? Ficamos muito preocupadas.

Mas o tio não disse mais nada, só queria jantar e dormir. O padre e Nicolau deixaram a fazenda convencidos de que o amigo se encontrava fora do juízo:

– As duas têm razão: os livros são culpados!

No dia seguinte, a dupla se encontrou na biblioteca com a sobrinha para examinar os condenados, ou seja, os livros de cavalaria. O padre e Nicolau titubearam ao ver aquele tesouro – mais de cem livros de todos os tamanhos, muito bem conservados e com algumas raridades.

– E se fizéssemos uma seleção? Este aqui, por exemplo, é o primeiro da série do *Amadis de Gaula* – disse o padre, ao pegar um dos volumes.

– E está em ótimo estado! Impressionante! Um livro tão antigo! – completou Nicolau.

De repente, ouviram um grito vindo do quarto do fidalgo:

– Companheiros, coragem! Os inimigos se aproximam! Avante!

Foram acudi-lo e o encontraram em cima do leito com a espada em punho, em delírio completo. O padre e Nicolau o convenceram a descer da cama, fingindo serem cavaleiros também:

– Meu senhor, abandonemos o combate por hora. Perdemos a batalha, mas não a guerra. .

– É preciso descansar e fazer uma boa refeição. Amanhã, sim, ganharemos.

Dom Quixote, delirante, acreditou nos dois e se acalmou:

– Sábias palavras. É preciso saber a hora de recuar e recuperar as energias. Que venha o café!

A governanta chegou com o desjejum em boa hora, e o fidalgo comeu bem e voltou a dormir sossegado.

De volta à biblioteca, determinada, a sobrinha decretou:

– Não devemos poupar nenhum livro! Quero meu tio curado! Os livros o enlouqueceram!

– Poderíamos salvar pelo menos os de poesia?

– Não, padre. E se, em vez de cavaleiro andante, meu tio inventar de ser poeta? Dizem que é uma doença incurável, pior que ser cavaleiro. Queimem tudo!

Decisão tomada. Levaram os condenados para o curral e lhes atearam fogo. Lá se foram sonhos, fantasia, poesia, emoção, risos, lágrimas – tudo numa fogueira que lembrou os tempos da Inquisição. E, não satisfeitos, os verdadeiros loucos tiveram outra ideia estapafúrdia:

– Vamos murar a porta da biblioteca com tijolos e cimento. Assim ele se esquecerá dos livros de uma vez; nem cheiro sentirá – disse o padre.

A sobrinha e a governanta acharam o plano excelente, e assim foi feito. Pobre Dom Quixote! Sem biblioteca e sem seus amados livros...

Dois dias se passaram, e o nobre, finalmente, se levantou. Como de hábito, dirigiu-se para a biblioteca. Procurou pela porta tateando a parede para um lado e para outro, e nada. Até que perguntou:

– Mas, afinal, o que aconteceu com a biblioteca?

– O diabo carregou tudo! A livraria toda e a saleta também – respondeu a governanta.

– Na verdade, foi um bruxo – explicou a sobrinha. – Quando o senhor se ausentou, ele esteve aqui montado numa serpente terrível.

Entrou pelas telhas, lançou um raio, e todos os livros foram pelos ares. Depois que a fumaça passou, vimos que levou a saleta também.

O fidalgo franziu a testa e disse:

– Já sei quem foi!

– Sabe? – indagou a sobrinha, temerosa de que o tio tivesse descoberto tudo.

– Foi Frestão, um feiticeiro, meu inimigo. Protege outro cavaleiro e quer me atrapalhar. Mas ele não sabe com quem está lidando. Sou mais eu!

– Mas, tio, o senhor não pensa em sair por aí de novo, não é? É muito perigoso. É bem melhor ficar em casa sossegado.

– É como dizem: boa romaria faz quem em sua casa fica em paz – observou a governanta.

– Ora, bobagens! Nada me amedronta! Sou um cavaleiro destemido! – disse, irritado.

O fidalgo, mais disposto, passou uns dias a caminhar pela vizinhança, calmo, como se tivesse recuperado o juízo. Comentou com o padre e com o barbeiro o caso do desaparecimento da biblioteca, e a dupla mudou de assunto:

– Oh, não diga! E a fazenda, como está? E o gado?

Numa caminhada dessas, Dom Quixote topou com um camponês vizinho, Sancho Pança. Homem pobre, bonachão, ingênuo, com mulher e filhos. O fidalgo lhe contou sobre as aventuras dos cavaleiros, as lutas e a glória; o homem, admirado, acreditou em tudo. Em um novo encontro, a mesma conversa e a mesma admiração. Um dia, o nobre lhe perguntou:

– Sancho, você não quer me acompanhar nas aventuras como meu escudeiro? Não tarda e recebo uma ilha pelos meus feitos e lhe dou para governar.

– Eu? Governador de uma ilha? Não acredito! – disse, de olhos arregalados.

– Dou minha palavra!

– Então, aceito! – respondeu ele, na maior alegria. – Eu, governador de uma ilha! Teresa, minha mulher, não acreditará.

Pode ficar certo de que a governarei muito bem! – E, mudando de assunto, perguntou: – Meu senhor, eu poderia levar meu burro? Não aguento andar a pé...

Dom Quixote tentou se lembrar de algum escudeiro montado em burros nos romances, mas não se recordou de nenhum. Todavia, pensou que arranjaria um cavalo para o escudeiro e concordou. Tudo combinado. Começaram os preparativos: o fidalgo vendeu e empenhou bens para obter dinheiro e também conseguiu com um amigo uma nova lança; Sancho arranjou os alforjes com pomadas, água e mantimentos. Na data marcada, saíram sem dizer nada a ninguém, na calada da noite. Cavalgaram lado a lado pela estrada, sob o céu estrelado: Sancho sonhava com sua ilha, e Dom Quixote com a amada e a glória.

– Tudo por Dulcineia!

3
A luta contra os moinhos de vento

Caminharam determinados até o amanhecer. Dom Quixote, tranquilo, acreditou que ninguém mais poderia alcançá-los. Sancho ia contente, com o pensamento na ilha; mas não custava recordar isso ao nobre.

– Meu senhor, não se esqueceu da minha ilha, não é?

– Dei-lhe minha palavra! Sua ilha está garantida. Mas não pense que sou o mais generoso dos senhores. É tradição, costume antigo dos cavaleiros andantes, oferecer terras em agradecimento aos serviços dos escudeiros. Ou até mesmo conseguir um título de marquês ou de conde.

– Já pensou? Eu, um simples camponês, virar conde? E Teresa Pança será "conda"!

– Condessa! – corrigiu o nobre.

Depois de um tempo, chegaram a um campo onde havia trinta ou quarenta moinhos de vento. O fidalgo, com os olhos brilhando, viu tudo a sua maneira fantasiosa, como nos livros:

– Veja, Sancho! Gigantes! A sorte está conosco!

– Gigantes?! Onde?! – perguntou Sancho, olhando para todos os lados.

– Ali, com os braços enormes! São muitos! Em quantidade!

– Mas, meu senhor, repare bem. Não são gigantes, são só moinhos de vento. Aquelas são as velas, as pás que se movem com o vento.

– Você não entende nada de aventuras! Se tem medo, fique aí. Mas pelo menos reze por mim!

E, sem mais, cavalgou feito um louco em direção aos moinhos:

– Monstros! Vocês não me escapam! Não fujam, sou um só! Covardes!

– Meu senhor, são moinhos de vento! – gritava Sancho.

O herói, com o pensamento em Dulcineia, atirou a lança no primeiro moinho, furando uma das velas. Porém, o vento soprou mais forte e a vela jogou herói, cavalo, lança... tudo ao chão. Sancho correu em socorro do nobre:

– Meu Deus, meu senhor, eu disse que eram moinhos!

– Eram gigantes, mas viraram simples moinhos! – disse o fidalgo, imóvel no chão. – O mundo da cavalaria é assim, incerto, cheio de magia: Frestão, que me levou a biblioteca, agora transformou os gigantes em meros moinhos só para me tirar a glória de vencê-los! Mas sua maldade não prevalecerá por muito tempo!

– Que assim seja, meu senhor! – disse Sancho, ajudando-o a montar no combalido Rocinante.

– Obrigado, Sancho. Vamos continuar nossa jornada!

Caminharam em direção a Porto de Lápice, região onde, segundo o fidalgo, haveria muitas aventuras.

– Estou triste de ter perdido minha lança. Lembro-me de um famoso cavaleiro espanhol, Diego Pérez, que, ao perder sua lança num combate, com o tronco de um carvalho fez uma nova e venceu várias batalhas com ela. Farei o mesmo!

– Acredito que fará... Mas por que o senhor está tão torto, meu patrão? Está com dores por causa do tombo?

– Com certeza, sinto-me moído. Mas um cavaleiro não se lamenta nunca, mesmo que esteja todo quebrado.

– Se fosse comigo, já estaria berrando que nem bezerro desmamado. Ou os escudeiros não podem gemer?

Dom Quixote riu:

– Não, Sancho. Nunca li nada sobre isso. Pode gemer e gritar quanto quiser.

O camponês logo emendou o assunto de sua predileção: comida!

– Será que já é hora de jantar?

– Não sinto fome, mas fique à vontade.

O escudeiro meteu as mãos nos alforjes e devorou tudo com o maior apetite, além de tomar uns bons goles de vinho.

No início da noite, apearam em um bosque. Sancho, de barriga cheia, capotou, mas o nobre, imitando os cavaleiros, dedicou seu pensamento à amada. Depois, lembrou-se de arrancar o tronco de um carvalho e fez dele sua nova lança com a base de ferro da antiga.

Os raios de sol e o canto dos pássaros despertaram Dom Quixote.

– Acorde, Sancho! As aventuras nos chamam!

– O quê? Como? Onde? Quando? – resmungou o escudeiro, sem despregar os olhos.

E a dupla seguiu viagem.

– Lá em Porto de Lápice teremos grandes aventuras. Porém, há uma regra da cavalaria que você precisa conhecer: nunca me defenda num combate. Não tente me ajudar em nada. Um escudeiro não entra em briga entre cavaleiros. Entendido?

– Claro! Nunca me esquecerei dessa regra, como não esqueço os dias de domingo! – disse, aliviado. – Pode ter certeza. Sou pacífico, nunca entro em contendas...

Depois de caminharem algumas léguas, surgiram na estrada dois frades montados em mulas enormes, segurando sombrinhas e usando óculos de viagem; logo atrás, dois homens andando a pé e, mais adiante, uma carruagem com uma senhora escoltada por homens a cavalo. Simples viajantes. Mas, como sempre, o herói viu tudo diferente da realidade:

– Veja, Sancho! Esta será uma aventura tremenda! Aqueles dois feiticeiros montados em dromedários raptaram uma formosa princesa. Vamos salvá-la!

– Ai, meu Deus, essa será pior que a dos moinhos de vento! Meu senhor, repare bem, são só dois frades de São Bento montados em mulas! E aqueles são viajantes comuns – disse Sancho.

– Ora, você não entende nada de aventuras! Digo a verdade!

O nobre esporou Rocinante e correu até os frades:

– Alto lá, demônios! Libertem a formosa princesa imediatamente ou não responderei pelos meus atos!

Os religiosos se assustaram com aquela figura magrela e alta de armadura:

– Senhor, não somos demônios de jeito algum. Somos frades beneditinos e não temos ideia de quem está naquela carruagem.

– Mentirosos! Pensam que me enganam com palavras doces? – gritou, avançando com a lança improvisada para cima de um deles.

O escolhido desviou-se da arma, perdeu o equilíbrio e caiu da mula. O outro, apavorado, fugiu desembestado. Dom Quixote cavalgou até a carruagem para salvar a suposta princesa, e Sancho, em vez de socorrer o frade caído, pegou seus mantimentos.

– Desculpe, meu senhor, mas são as leis da cavalaria andante. Quem ganha leva!

Rapazes que vinham a pé perceberam tudo e atacaram Sancho:

– Ladrão! Ladrão!

Foi uma confusão geral: o escudeiro apanhou muito, e o frade, atônito, correu dali o mais que pôde. Enquanto isso, o fidalgo, todo galante, conversava com a dama da carruagem:

– Senhora, já venci seus raptores. Está livre. Derrotei-os com meu braço forte. Meu nome é Dom Quixote de la Mancha, cavaleiro andante, cativo da formosa Dulcineia de Toboso. Peço-lhe somente que vá até lá e conte a ela tudo o que sucedeu aqui.

A senhora, aparvalhada, ouvia o herói, muda, até que um dos escudeiros – segurança da carruagem – interveio:

– Meu senhor, não importune a senhora! Ou terei que usar minha espada? – ameaçou.

– Como se atreve a falar dessa maneira? Sou um cavaleiro, e você é um simples criado – disse o nobre, irritado.

O tempo esquentou: o segurança, ofendido, pegou uma almofada do coche para servir de escudo, puxou a espada e acertou o ombro do herói. Dom Quixote, indignado, pediu proteção:

– Dulcineia! Dê-me forças, minha amada!

Segurou a espada com força e avançou contra o homem com tanto ímpeto que o fez cair do cavalo ferido. O nobre desmontou e pôs a espada na garganta do segurança da carruagem.

– E agora? Rende-se?

O homem perdeu a fala de tão aterrorizado. A senhora e suas damas, tremendo e rezando, pediram, suplicaram pelo rapaz, ao que o nobre respondeu:

– Como são as senhoras que pedem, ele está salvo. Mas terá que ir a Toboso e servir minha amada Dulcineia.

– Ele irá sem demora! – disse a senhora prontamente.

– Confio em vocês. Podem ir!

E a carruagem partiu o quanto antes, enquanto Dom Quixote, orgulhoso, altivo, montava em Rocinante. Mas e Sancho? Será que se recuperou da surra que levara? Veremos no próximo capítulo!

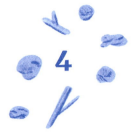

4

Encontro com pastores de ovelhas

Sancho, moído da surra, presenciou a luta e pediu a Deus que o patrão ganhasse. No final, orgulhoso, ajudou-o a montar:

– Meu senhor, deixe-me ajudá-lo!

E os dois cavalgaram lado a lado. O escudeiro, animado com a primeira vitória, perguntou se o herói já receberia a ilha:

– Não vejo a hora de governá-la!

– Não, Sancho. Ainda é cedo; essa luta foi somente um percalço do caminho. Aqui ganhamos só pancada na cabeça e orelha cortada. Mas muitas aventuras estão por vir, e a recompensa também. Tenha paciência.

– E o senhor acha que devemos nos esconder? A Santa Irmandade – os guardas do rei – virá atrás de nós.

– Nos esconder?! Como assim? – perguntou Dom Quixote, sem entender.

– Meu senhor, acabamos de atacar um frade e um escudeiro na estrada. Isso é contra a lei. Dá cadeia!

– Ora, Sancho... Nunca li nos livros que um cavaleiro que lute por justiça tenha sido preso por ter derrotado o inimigo.

– Não li essas histórias. Na verdade, não sei ler nem escrever. Mas se o senhor diz que as regras são essas... – E reparando na orelha do herói: – Meu patrão, está com sangue na orelha. Tenho um unguento e panos nos alforjes.

– Ah, se eu tivesse me lembrado de fazer o bálsamo de Ferrabrás, seria bem mais fácil. Com uma gota dele essa ferida desapareceria.

– Que bálsamo é esse? – perguntou Sancho, interessado.

– Ferrabrás foi um gigante sarraceno que criou um óleo muito poderoso. Tenho a receita. Com ele, não é preciso ter medo da morte ou de feridas. Se por acaso, numa batalha, alguém me partir ao meio, junte as duas partes, bem encaixadas, dê-me dois goles do bálsamo para beber e estarei inteiro de novo.

– Sendo assim, troco a ilha pelo bálsamo! – disse o escudeiro, entusiasmado. – Vou vendê-lo nas feiras e ficarei rico!

Dom Quixote riu:

– Como queira. Mas agora cuidemos da orelha, que dói em demasia.

Sancho limpou o sangue da ferida e passou o unguento; depois foram aos alforjes, ou melhor, comeram.

– Tenho aqui pão, queijo e cebola. Nada digno do senhor.

– Está enganado! Fique sabendo que os cavaleiros se contentavam com pouco. Uma vez ou outra participavam de banquetes reais, mas, na maior parte do tempo, nada comiam. Mas, é claro, precisavam se alimentar como qualquer mortal; então comiam frutas e ervas nos bosques.

Sancho deu graças a Deus de ser um simples escudeiro, e os dois comeram a refeição minguada. Depois seguiram caminho, esperançosos de chegar a alguma aldeia antes do final do dia. Porém, anoiteceu, e nada de aldeia; por sorte, aproximaram-se de um acampamento de pastores de ovelhas, que os acolheram:

– Comam conosco!

Dom Quixote e Sancho, mortos de fome, aceitaram e sentaram-se ao redor da fogueira com os pastores.

– Mas, meu senhor, sou seu criado. Não posso me sentar ao seu lado.

– Ora, Sancho! Esse é o espírito da cavalaria: os grandes se juntam aos pequenos. Somos todos iguais.

Depois de comerem e beberem bem, o fidalgo, emocionado, disse algumas palavras em agradecimento:

– Obrigado por essa refeição, meus amigos. Neste momento, lembrei-me de um tempo antigo, a Idade do Ouro, ou Dourada, quando não havia "o meu" e "o seu", mas sim "o nosso". Hoje, na Idade do Ferro, não há mais esse pensamento. Todos só pensam em si, e só vemos ódio e maldade. A cavalaria andante tem esse mesmo espírito: nasceu para recuperar a ideia de comunhão, de paz e proteção aos fracos, pobres e viúvas. Obrigado pela acolhida tão generosa a mim e ao meu escudeiro.

Os pastores ouviam Dom Quixote sem compreender bem aquelas palavras, mas percebiam que era um agradecimento sincero.

– Sejam sempre bem-vindos!

No dia seguinte, agradeceram e partiram. Depois de cavalgarem por um bom tempo, chegaram a um campo verdejante, aprazível, onde corria um riacho de águas claras. Soltaram os animais e comeram os últimos pedaços de pão e queijo. Todavia, logo depois, alguns tropeiros – encarregados de animais – chegaram e soltaram suas éguas. Rocinante, querendo fazer amizade, todo galante, aproximou-se delas. Porém, as éguas só queriam pastar e o repeliram com coices e mordidas. Tamanha foi a irritação delas que lhe quebraram a sela e os arreios, deixando o pobre em pelo. E, para piorar as coisas, os tropeiros também lhe deram lambadas, e o pobre Rocinante caiu no chão, estatelado. Dom Quixote, vendo a cena, indignou-se:

– Esses não são cavaleiros, Sancho! São criaturas reles, das mais baixas. Como não são cavaleiros, você pode entrar na luta comigo.

– Mas, meu senhor, somos dois, e eles são mais de vinte!

– E eu sou cem!

E, de espada em punho, Dom Quixote, destemido, atacou o bando. Em seguida, Sancho criou coragem e foi atrás com sua espada. O nobre, enfurecido, feriu o primeiro tropeiro, que caiu. Quando os outros se deram conta da agressão, voltaram-se contra a dupla com paus e pedras:

– Acabem com o magrelo! E não deixem o gorducho fugir!

Feche os olhos, leitor, porque foi um salve-se quem puder: pedras e paus zuniram contra os dois. Sancho foi o primeiro a cair, e depois seu senhor, ao lado de Rocinante. Felizmente, os tropeiros, vendo os dois no chão, foram embora com medo de os guardas do rei aparecerem. Os três, ali estirados, não se mexiam; nem um "ai" foi dito, até Sancho dar o primeiro gemido:

– Ai, estou quebrado, meu senhor! Quero o bálsamo do "Feio Brás".

– Meu amigo Sancho, prometo que, quando passarem essas dores nas costelas, farei o bálsamo... – respondeu o herói, com voz fraca. – Mas sei que isso foi um castigo.

– Castigo?

– Sou um cavaleiro, não posso lutar com essa gente baixa. É contra as regras da cavalaria. Na próxima, você pega a espada e cuida deles sozinho.

– Eu?! Sozinho? Mas sou um pobre camponês, tenho mulher e filhos. Não entro em brigas.

– Mas, Sancho, para governar uma ilha é preciso ter pulso forte. É preciso responder com vigor a uma ofensa. Um governador não pode simplesmente fingir que não ouviu uma calúnia.

– Meu senhor, hoje não quero tanto essa ilha... Ai, como minhas costelas doem! Quero o bálsamo!

– Eu também, meu amigo! E aposto que, se Rocinante pudesse falar, estaria a se lamentar de dor como nós e a pedir o santo remédio.

A dupla ficou estirada mais um tempo, até que o nobre decretou:

– Sancho, não podemos passar a noite aqui. Precisamos encontrar um castelo para dormir. Ajude-me a levantar. Coragem, homem!

O escudeiro, aos trancos e barrancos, levantou-se, ajudou o herói a ficar de pé, e, juntos, levantaram o pobre Rocinante. Voltaram para a Estrada Real: o nobre, estirado em cima do burro, e Sancho puxando as rédeas dos animais. Por sorte, depois de algumas léguas, viram luzes ao longe.

– Veja, Sancho, um castelo!

– Não, meu senhor, é uma hospedaria.

– Mas é claro que é um castelo – teimou o herói.

– Hospedaria! – corrigiu Sancho.

E foram até o próximo capítulo nessa discussão.

5

Confusões na hospedaria

Dom Quixote e Sancho foram recebidos pelo dono da hospedaria e por sua mulher, filha e criada.

– O que aconteceu com seu patrão? – perguntou o comerciante, espantado, ao ver o fidalgo estirado no burro.

– Ele... caiu de um penhasco e se machucou um pouco – mentiu o escudeiro.

Não havia vaga na hospedaria, mas a mulher, de alma caridosa, insistiu com o marido para acolhê-los no quarto dos fundos. A filha e a criada arrumaram duas camas de palha com lençóis e cobertores velhos. Sancho levou Dom Quixote, amparando-o, e o nobre só fez se deitar, de tão quebrado. Acenderam um lampião, e a mulher aplicou um emplastro, porém percebeu que as marcas roxas pareciam mais de pancadas do que de queda.

– É que no penhasco havia umas pedras pontudas – enrolou Sancho. – Aliás, se por acaso sobrar um pouco do remédio para mim... Estou tão moído quanto meu patrão.

– Você também caiu?

– Não, mas só de vê-lo cair me doeu o corpo todo como se tivesse caído.

– É verdade – disse a jovem. – Às vezes sonho que estou despencando de uma torre altíssima e nunca chego ao chão. Quando acordo, estou toda dolorida, como se tivesse caído de verdade.

– E como se chama seu patrão? – perguntou a mulher.

– Ele é o famoso e destemido Dom Quixote de la Mancha, cavaleiro andante.

– E o que faz um cavaleiro andante? – perguntou a criada.

– Bem, é uma pessoa que apanha muito, mas no final se torna um homem rico e retribui a seu escudeiro com generosidade.

– Mas vocês não parecem ricos... – reparou a moça.

– É que iniciamos as aventuras há pouco tempo. Em breve, quando meu senhor melhorar, buscaremos a glória.

Dom Quixote, que ouvia tudo, pegou a mão da vendeira e lhe agradeceu:

– Formosa senhora, obrigado pela providencial acolhida em seu castelo. Guardarei na memória para sempre essa hospitalidade. Sou Dom Quixote, cativo da formosa Dulcineia, senhora dos meus pensamentos, e por isso não posso fazer corte a sua bela filha.

Mãe, filha e criada não entenderam bem aquelas palavras, mas perceberam que o nobre era diferente dos outros homens, só pela maneira de tratá-las.

– Agora é hora de o senhor descansar – disse a mulher.

A criada aplicou o restante do emplastro em Sancho e saiu. Os dois, exaustos e quebrados, caíram no sono mesmo com dores pelo corpo todo. Pela manhã, o nobre acordou determinado.

– Levante-se, Sancho. Vá lá embaixo e arranje com algum criado um pouco de vinho, azeite, sal e rosmaninho. Farei o bálsamo de Ferrabrás.

– Esse eu também quero!

O escudeiro, ainda moído, conseguiu todos os ingredientes; Dom Quixote os misturou e ferveu a bebida em uma panela. Logo depois, verteu-a em uma caneca, rezou umas orações, fez o sinal da cruz e a bebeu, convicto de ser o famoso bálsamo. Porém, leitor, feche os olhos e tampe o nariz, pois o herói passou mal, muito mal, sentiu suores e acabou por vomitar tudo. Fraco, deitou-se na cama, e Sancho, assustado, cobriu-o com cobertores e se pôs a rezar. Depois de três horas de sono, milagre: o fidalgo despertou sentindo-se muito bem, sem dor alguma:

– Deu certo, Sancho! Estou novo em folha! Vamos embora! As aventuras nos chamam!

– Será que eu poderia tomar um pouco do bálsamo, meu senhor?

– Claro! – disse, dando-lhe o restante.

O escudeiro tomou um gole e no mesmo instante fez uma cara horrível, sentindo a pior dor de barriga de sua vida:

– Meu senhor, isso é veneno! Vou morrer! Maldito bálsamo!

Dom Quixote refletiu um pouco e entendeu tudo:

– Receio que você não poderia ter provado a bebida milagrosa, pois ainda não foi sagrado cavaleiro.

– Mas o senhor só se lembrou disso agora?! – disse Sancho, indo direito para a bacia.

O escudeiro, como o herói, também precisou se deitar e, da mesma maneira, dormiu por algumas horas. Todavia, ao acordar, as dores no corpo continuavam:

– Ainda me sinto muito moído, meu patrão...

– Ora, Sancho, vamos embora. Os desafios nos chamam! Levante-se!

Dom Quixote nem esperou o pobre escudeiro; foi até a estalagem e montou Rocinante. Depois, foi agradecer pela hospedagem:

– Obrigado, senhor castelão. Serei eternamente grato pela sua generosidade. Se por acaso precisar ser vingado por alguma ofensa, estarei aqui para defendê-lo.

– O que eu gostaria mesmo é do pagamento – disse o dono da hospedaria.

– Pagar? Mas isso não é um castelo? É mesmo uma hospedaria? – perguntou Dom Quixote, admirado.

– A melhor da região.

– Então cometi um grande engano. Infelizmente é contra as regras da cavalaria andante. Nos livros, nenhum cavaleiro paga pela hospedagem.

E saiu com Rocinante, sem nem esperar por Sancho.

– Meu senhor, espere por mim! – gritou ele da porta do armazém.

Mas na saída foi pego pela gola.

– Onde o senhor pensa que vai? Exijo o pagamento! – gritou o dono do armazém.

– Mas sou escudeiro da mesma cavalaria andante! Também não pago.

Os hóspedes resolveram se divertir com o empregado: colocaram-no em cima de uma manta e passaram a jogá-lo para o alto, como uma cama elástica, enquanto o pobre gritava:

– Meu senhor! Socorro! Acuda!

Dom Quixote, ao ouvir os gritos de Sancho, retornou e viu a cena:

– Mas o que é isso?! Jogam meu escudeiro para o alto?! Serão feiticeiros? Fantasmas?

Contudo, Sancho pesava muito, e os homens logo se cansaram da brincadeira. Enquanto isso, o dono da hospedaria pegou os alforjes do escudeiro com o resto dos mantimentos:

– Eis aqui o pagamento!

E Sancho, assustado e sem fôlego, montou no burro e fugiu desembestado atrás de seu patrão.

6
O rebanho de ovelhas

Quando o escudeiro finalmente o alcançou, Dom Quixote lhe perguntou:

– Entendeu o que se passou na falsa hospedaria?

– Falsa hospedaria?!

– Sim! Era um castelo, mas, como sempre, as forças do mal, regidas por Frestão, o feiticeiro, o transformaram em uma reles hospedaria com o propósito de me humilhar. E aqueles homens que o jogaram para o alto eram fantasmas.

– Não, meu senhor, eram gente de carne osso. Senti a mão pesada deles. Fantasmas assustam, fazem "buuuu"! – E, infeliz, mudou de assunto: – Meu senhor, para falar a verdade, sinto-me cansado dessa vida. Só apanhamos. E se voltássemos para casa?

– Tenha paciência, Sancho; logo venceremos uma batalha, e você sentirá a glória da vitória, a alegria de vencer.

Foi quando viram, ao longe, duas nuvens de poeira em direções opostas.

– Veja, Sancho! Temos uma grande aventura ali adiante. Aqueles dois poderosos exércitos vão guerrear – disse com expressão de alegria.

– Mas quem são eles?

Dom Quixote, delirante, repetia o que lera nos livros:

– Um é o imperador Alifanfarrão, pagão, mouro, e o outro, Pentapolim do Braço Nu, cristão. O primeiro quer casar com a filha do segundo, mas é claro que Pentapolim é contra. A batalha vai começar. Está ouvindo os relinchos? O toque de clarins?

– Não. Só ouço balidos de ovelhas. Para falar a verdade, não existe exército nenhum ali, meu senhor. Repare bem: são rebanhos de ovelhas!

– Se você tem medo, fique aqui. Não tem problema, eu entrarei na guerra agora! Os covardes sentirão o peso da minha lança. Tudo por Dulcineia!

E galopou, enfurecido, em direção aos rebanhos.

– Senhor, não vá! São simples ovelhas!

Dom Quixote entrou no "combate" ferindo as ovelhas com a lança:

– Covardes! Não fujam! Lutem como homens!

– Mééé! Mééé! – baliam elas, desnorteadas.

Os pastores do rebanho, ao verem o louco, gritavam:

– Pare com isso! Pare!

Como o cavaleiro continuava, arremessaram pedras contra ele, e uma delas acertou a boca do herói, fazendo-o cair do cavalo. Assustados, os pastores gritaram:

– Fujam! Matamos o homem!

Sancho, desesperado, foi até o patrão:

– Meu senhor, eu disse que eram simples ovelhas!

– Está enganado, meu fiel escudeiro. Eram dois exércitos, mas Frestão, como sempre, fez das suas e os transformou em ovelhas. – E, sentindo algo errado na boca, pediu que Sancho visse o que era.

– O senhor perdeu um dente de baixo e um de cima... – disse o escudeiro, triste.

– Não me diga semelhante coisa! Em horas como essa percebemos que um dente vale mais que um diamante. Mas, Sancho, acredite em mim, o mal não dura sempre. O tempo bom está a caminho, confie. Amanhã será outro dia. Ajude-me a levantar, meu bom amigo.

– Se o senhor um dia mudar de profissão, será um bom pregador – brincou o escudeiro.

Voltaram para a estrada, cansados, sem comida e com dois dentes a menos. Anoiteceu e ainda cavalgavam, quando viram, ao longe, luzes como estrelas bailando no campo, vindo na direção deles.

– Agora sim, acredito nas forças do mal, meu senhor – disse Sancho, tremendo de pavor.

– Sancho, pressinto que esta será a batalha mais perigosa que jamais imaginei passar – observou o herói, sentindo um arrepio na espinha.

– Vamos nos esconder naquela moita, meu senhor? Pelo amor de Deus!

– Está bem. Mas só para você se acalmar, que fique bem claro.

As luzes se aproximaram, e o mistério foi revelado: eram vinte homens encapuzados, usando túnicas, segurando tochas e carregando um caixão. O herói logo imaginou que o defunto era um cavaleiro e, corajoso, perguntou:

– Alto lá! Quem são vocês e quem é o morto? Sou Dom Quixote de la Mancha e vingarei quem o matou!

Os homens, sem paciência alguma, responderam:

– Não é da sua conta! Não vê que temos pressa?!

O herói, sem titubear, avançou sobre aquele que respondera.

– Como se atreve a falar assim?!

A mula do encapuzado se assustou, e o homem se desequilibrou e caiu. Outro do grupo gritou:

– Veja o que você fez, seu demente!

Dom Quixote partiu para cima dele, e a confusão foi geral: homens caindo, tochas rolando, gente fugindo e gritando, acreditando que o fidalgo era o próprio demônio. Só um deles ficou e suplicou:

– Por favor, se é cristão, não me mate! Somos simples sacerdotes!

– E o defunto? Quem o matou?!

– Era um amigo que queria ser enterrado em Segóvia, sua terra natal. Morreu pela peste.

O herói, bastante envergonhado, disse:

– Mas por que não me responderam quando perguntei? Sou Dom Quixote de la Mancha, cavaleiro andante, defensor dos fracos, doentes...

– Quebrados também? Se sim, ajude-me, pois tenho a perna quebrada.

Nesse momento, Sancho se aproximou, depois de recolher os despojos da "batalha", e ajudou o sacerdote a se levantar. Dom Quixote, ainda envergonhado, disse:

– Peço desculpas aos sacerdotes. Mas que nunca mais andem assim, como almas penadas à noite...

E Sancho completou:

– E diga que quem os derrotou foi o famoso Dom Quixote, o Cavaleiro da Triste Figura.

O sacerdote montou no burro e partiu com perna quebrada e tudo. O fidalgo, sem entender o apelido, perguntou ao escudeiro de onde vinha.

– Acabei de inventar, quando o vi ali, à luz das tochas, tão cansado, quebrado e ainda lutando – disse Sancho.

– Pois saiba que todo cavaleiro tinha uma alcunha. Gravarei essa em meu escudo!

Mas agora é hora de seguirmos para o próximo capítulo, que nos reserva um grande mistério. Tudo por Dulcineia!

7

Sancho zomba de Dom Quixote

Dom Quixote e Sancho voltaram a caminhar pela Estrada Real e, em pouco tempo, chegaram a um campo verde, sossegado. Apearam e comeram os mantimentos dos pobres sacerdotes. Porém, não havia uma gota de água.

– Meu senhor, deve haver uma fonte ou um riacho próximo. A relva está bem úmida. Ouço o murmúrio das águas – disse Sancho.

– É verdade. Vamos seguir o som das águas!

Andaram, puxando os animais pelo cabresto, pois não viam nada pela frente, tamanha a escuridão da noite. Tatearam entre as árvores, até ouvir nitidamente o murmurar de águas. Todavia, também escutaram um estrondo terrível, assustador.

– O que foi isso, meu patrão?! – perguntou Sancho, em pânico.

– Não tenho ideia – disse o herói, sentindo um arrepio no couro cabeludo.

O estrondo se repetia hora sim, hora não, alternadamente. Além disso, o vento soprou mais forte, uivando e aumentando o clima de terror naquele breu. O herói, destemido, enfrentou o desconhecido e montou em Rocinante.

– Sancho, fique aqui. Preciso desvendar esse mistério. Você sabe muito bem que nasci na Idade do Ferro com a missão de resgatar a Idade Dourada, dos Cavaleiros da Távola Redonda e de tantos outros. Minha sina é combater os grandes perigos e as injustiças. O barulho é assustador, mas sinto um chamado. Preciso ir. Se não voltar, vá a Toboso e conte tudo a minha amada, Dulcineia – disse, com ar grave.

O escudeiro, comovido às lágrimas, tentou dissuadi-lo:

– Senhor, não vá! Está muito escuro. Vamos esperar amanhecer. Não vá! Admito, sou covarde. Não quero ficar sozinho! Não vá, a aurora não tarda! Já fui pastor de ovelhas e sei que daqui a três horas amanhecerá.

– Não, meu bom amigo. Um cavaleiro não espera! Nada de lágrimas. Vamos, aperte as cilhas de Rocinante!

Ao perceber que não havia jeito de convencê-lo, Sancho, esperto, enganou o patrão: em vez de apertar as cilhas, amarrou as patas traseiras de Rocinante para que não saísse do lugar.

– Mas o que será isso? Será arte de Frestão para me impedir de combater? – inquiriu o nobre, ao reparar que o animal só dava pulos, sem sair do lugar.

– Só pode ser! É melhor esperar o efeito do feitiço acabar – disse o malandro.

E o herói, contrariado e sem desconfiar de nada, concordou em esperar até amanhecer.

– Será que conseguiremos dormir essas três horas? – perguntou Sancho, apavorado com o estrondo que soava alternadamente.

– Dormir? Como se eu fosse cavaleiro de dormir na hora do perigo... Ficarei em vigília. Pode dormir, pois sei que você nasceu para isso.

– Está bem, está bem... Não está mais aqui quem falou.

E o escudeiro, apesar do grande medo, caiu no sono. Porém, antes de o sol raiar, desamarrou as pernas do cavalo, sem o patrão notar. Logo depois, Dom Quixote montou em Rocinante:

– Agora parto, Sancho! Se não voltar em três dias, foi desígnio dos céus. Leve meu recado para minha amada. E não se preocupe com seu pagamento: quando fizer meu testamento, você receberá seus salários. Adeus, meu bom e fiel escudeiro!

Sancho voltou a chorar e resolveu seguir os passos do seu senhor, sem se desgrudar dele. Caminharam entre castanheiras imensas uns duzentos passos, até chegar a um pequeno prado ao pé de um rochedo de onde caía uma cachoeira. Havia uma velha casa em ruína, e justamente de lá vinha o estrondo. Dom Quixote se aproximou, pedindo proteção da amada e de Deus. Sancho, atrás, tentava ver tudo. Até que finalmente, leitor, o mistério foi revelado: o barulho estrondoso vinha simplesmente de um moinho com pilões de madeira maciça que batiam na água alternadamente. Uma máquina rústica que servira para lavar e quarar roupas outrora. O herói empalideceu de tão sem graça. Olhou para trás e viu Sancho, que prendia o riso. O escudeiro então perdeu a cerimônia e caiu na gargalhada.

– "Você sabe muito bem que nasci na Idade do Ferro com a missão de resgatar a Idade Dourada... Minha sina é combater os grandes perigos e injustiças" – disse, provocando o nobre.

Dom Quixote, irritado e humilhado, pegou a lança e foi na direção do escudeiro, que saiu correndo:

– Calma, meu senhor! Estou brincando! Não falarei mais nada, juro.

– É o melhor que tem a fazer. Fique sabendo que, nos livros, os escudeiros pouco falam com seus senhores. O criado de Amadis só é citado uma vez ou outra, enquanto você é um tagarela. E ainda vive a me contrariar.

Sancho percebeu que o nobre estava pelas tabelas com ele e parou de rir:

– Não abrirei mais a boca. Mas não foi engraçado? Não é uma história engraçada de contar?

– Sim – disse Dom Quixote, mais relaxado. – Mas não é bom espalhá-la por aí. Afinal, como poderia saber que eram pilões de um moinho?

Naquele exato momento começou a chover, e Sancho, agora corajoso, quis abrigar-se na casa dos pilões, mas o fidalgo queria sair dali o quanto antes e esquecer o ocorrido.

Voltaram para a Estrada Real, e, depois de algumas léguas, o nobre percebeu ao longe um homem a cavalo com algo brilhante na cabeça.

– Sancho, veja! Se não me engano, temos uma aventura ali adiante. É como diz o ditado: se Deus fecha uma porta, logo abre uma janela. Ali vem um homem a cavalo, com o capacete de Mambrino, um famoso elmo encantado!

– Mas, meu senhor, será mesmo? Sei que prometi não abrir o bico, mas, para mim, é um homem montado num burro com algo que brilha na cabeça.

– Isso mesmo. O capacete de Mambrino!

De fato, quem vinha ali, calmamente no seu burro, era um barbeiro de uma grande aldeia que também atendia na vizinhança. Como chovia, pusera a bacia na cabeça. Dom Quixote, sempre com o pensamento nos livros, avançou de lança em punho em direção ao pobre homem:

– Sou Dom Quixote de la Mancha, cavaleiro andante! Devolva-me o capacete de Mambrino agora!

O homem, apavorado ao ver aquela figura medieval saída de algum livro, desequilibrou-se, caiu no chão e correu feito um raio, deixando o burro e a bacia no chão. O escudeiro prontamente a pegou:

– É uma bela bacia de barbeiro, meu senhor. Será que vale alguma coisa?

Dom Quixote a pôs na cabeça e notou que era realmente grande demais para ser um capacete. Refletiu um pouco e sentenciou:

– É, sem dúvida, o capacete de Mambrino, mas alguém, sem saber do seu valor histórico, deve tê-la adulterado para transformá-la numa simples bacia.

O escudeiro percebeu que era melhor não discutir e ainda disse que o "capacete" lhe caía bem. E foi pegar o burrico do barbeiro como prêmio da "batalha", mas o nobre foi contra:

– Nem pensar! Ele não matou nossos animais. Regras da cavalaria: não se pega o animal do inimigo se ele não matou o nosso. Decerto, ele voltará para pegá-lo.

– Duvido! Do jeito que correu, não volta aqui nem amarrado.

Retornaram para a estrada, e, após um tempo, o escudeiro perguntou se poderia falar, pois o assunto martelava sua cabeça como os pilões do moinho:

– Pode, mas seja breve – respondeu o fidalgo.

– Pensei cá comigo se, em vez de caminharmos à toa em busca de aventuras sem ninguém noticiar, não seria melhor servir a algum rei ou imperador. Se fosse dessa maneira, teríamos alguém do reino espalhando aos quatro ventos nossas façanhas por toda a Espanha.

– Não é má ideia, Sancho, mas, para algum rei nos contratar, é preciso ter nome e fama. Muitas vezes isso acontece: o cavaleiro se torna tão famoso que suas proezas chegam aos ouvidos do rei. O herói é recebido com alegria pelo povo e depois ruma ao palácio, onde lhe dão roupas novas. À noite, ceia com o rei, a rainha e a linda princesa. Os dois se apaixonam, porém o soberano é contra o casamento. Somente no final, depois de provar sua coragem e salvar o reino de um dragão ou gigante, os dois se casam.

– E o escudeiro? – perguntou Sancho, indo direto ao ponto.

– O escudeiro pode se casar com uma aia, uma empregada da princesa, e também pode receber um título de conde.

– Muito justo!

De repente, avistaram uma maleta misteriosa com camisas finas, moedas de ouro e um livrinho de anotações.

– Deus seja louvado! Achamos ouro! – gritou o escudeiro.

– Pode ficar com as moedas. Certamente alguém foi vítima de um assalto e morreu.

– Mas por que deixariam o dinheiro?

– É verdade! Vamos ver se o livrinho nos revela alguma coisa.

Dom Quixote o folheou e, curioso, leu alguns sonetos e cartas de amor. Fechou o livreto e disse, ansioso:

– Vamos procurá-lo, Sancho. Esse jovem teve uma desilusão amorosa e escreveu esses belos versos. Se entendo alguma coisa de poesia, ele tem futuro.

– Adeus, meu rico dinheirinho... – lamentou-se o escudeiro. E, dirigindo-se ao patrão: – O senhor também gosta de poesia?

– Já "cometi" alguns versos na juventude. Sancho, todos os cavaleiros andantes eram poetas e músicos. E alguns bastante bons.

Andaram por muito tempo, até chegar a uma subida rochosa, difícil de cavalgar. Foi então que viram um jovem sem camisa, falando sozinho e dando pulos pelas pedras.

– Será que é aquele maluco ali? – perguntou o escudeiro.

Dom Quixote acenou para o rapaz, que correspondeu. O herói apeou e o abraçou como se fosse um grande amigo ou um parente querido, e finalmente conversaram. Porém, veremos o diálogo desse encontro só no capítulo que vem!

8

A história de Cardênio

O jovem se surpreendeu com tanta gentileza por parte de um desconhecido cavaleiro medieval:

– Obrigado pelo abraço, mas... já nos conhecemos?

– Não, meu jovem! Meu nome é Dom Quixote de la Mancha, cavaleiro andante. Encontramos suas coisas pelo caminho, e, desculpe-me a indiscrição, vejo que tem o coração partido. Sei o que é sofrer por uma dama. Deixe-me ajudá-lo. O que o levou a vir para cá e a andar dessa maneira?

O rapaz, reparando no estado do nobre, pensou que bem poderia indagar a mesma coisa a ele, mas fez uma única pergunta, das mais simples:

– O senhor teria comida?

Morto de fome, devorou tudo o que lhe foi oferecido; depois, sentou-se, na intenção de iniciar seu relato:

– Tentarei ser breve, e, por favor, não me interrompam até terminar minha infeliz história – pediu o rapaz.

Dom Quixote e Sancho fizeram que sim com a cabeça e também se sentaram, como se assistissem a uma peça de teatro.

– Meu nome é Cardênio – disse o rapaz. – Sou de Andaluzia, de família nobre. Apaixonei-me pela formosa Lucinda, nobre como eu. Conhecemo-nos desde criança e, com o passar do tempo, o amor só aumentou. Decidimos nos casar, e, quando fui pedi-la em casamento, seu pai observou: "O correto é seu pai fazer o pedido em seu nome". Fui falar com meu pai; porém, quando cheguei ao gabinete, ele lia uma carta de um grande nobre da Espanha, o duque Ricardo, que pedia, com bastante insistência, que eu fizesse companhia ao seu filho e prometia abrir meu caminho na nobreza. "Você viaja daqui a dois dias", disse-me meu pai. Gelei. Li a carta e fiquei aos prantos, e Lucinda também sofreu muito. Prometi-lhe que o casamento só seria adiado e expliquei tudo ao pai dela. Fui muito bem recebido pelo duque e por seu filho, Fernando. Ficamos amigos; conversávamos sobre tudo: eu contava coisas de Lucinda, e ele de sua namorada, uma camponesa chamada Doroteia. Confessou-me que iria lhe propor casamento, mas eu o adverti de que seu pai não concordaria. Dias depois, Fernando me disse: "O melhor seria afastar-me para esquecê-la". Deu a ideia de irmos para minha cidade com o pretexto de ver uns cavalos, e o duque consentiu. Meu coração foi à Lua e voltou só de pensar em rever Lucinda. Porém, no caminho, Fernando me contou a verdade: prometera casar-se com Doroteia, mas não tivera coragem de falar com seu pai, o duque. Quando chegamos, meu pai o recebeu como um rei. Fui então ao encontro de Lucinda, e nada tinha mudado. Apaixonado, contei para Fernando como minha namorada era bela e sensível, e ele quis conhecê-la. Numa noite, ingênuo, mostrei-a. Estava linda, na sacada de seu quarto, à luz de uma tocha. Fernando emudeceu, fascinado com sua beleza. No dia seguinte, só queria falar dela, ler seus bilhetes, cartas, como em uma em que pedia emprestado o livro *Amadis de Gaula*...

Ao ouvir esse nome, Dom Quixote esqueceu-se da promessa de não interromper o relato e disparou a falar:

– Mas então Lucinda é, sem dúvida, uma moça muito sensível! Por que não nos disse antes que ela amava os livros de cavalaria? Agora entendo que se trata mesmo de uma jovem de valor. Tenho uma edição rara do *Amadis de Gaula*, quer dizer... Tinha, pois Frestão levou-me toda a biblioteca, inclusive a saleta.

Ao notar que Cardênio baixara a cabeça, aborrecido, o nobre percebeu que não cumprira a promessa.

– Desculpe-me por tê-lo interrompido. Empolguei-me com o assunto e não consigo parar de falar. Continue, por favor.

O rapaz, mudo por alguns minutos, disse, ríspido:

– Não conto mais nada!

– Perdoe-me, meu filho! É que sou admirador de *Amadis de Gaula* e não me contenho quando o assunto é cavalaria andante... Desculpe-me! Conte-nos o fim da história, eu lhe peço.

– Não! – gritou e saiu tão estabanado que empurrou o nobre, jogando-o no chão.

Enquanto Cardênio fugia, transtornado, Sancho socorreu o fidalgo:

– Meu senhor! Está bem? Esse rapaz é maluco! Vamos embora!

– Não, meu amigo. Ele não tem culpa, só está sofrendo. Vamos atrás dele. Quero saber o final da história.

E os dois caminharam pelas rochas à procura de Cardênio.

– Ele não deve ter ido muito longe.

– Meu senhor, posso dar minha opinião? – perguntou Sancho.

– Pode, mas seja sucinto.

– Não me parece ser a melhor ideia ficarmos aqui à procura de um louco nesse rochedo. Isso não é contra as leis da cavalaria? Onde estão a aventura, os perigos?

– Na verdade, Sancho, outros cavaleiros também enlouqueceram de amor, só que arrancavam árvores do chão, jogavam pedregulhos nos rios. Eles e Cardênio me inspiraram a imitá-los! Em vez de lutar com gigantes, rasgarei as roupas, sairei falando com as cabras, darei cambalhotas, cantarei até o sol raiar. Enquanto isso, você irá a Toboso levar uma carta para Dulcineia, narrando meu desespero.

– Mas, meu senhor, ela não o trocou por outro. No caso do maluquinho, se muito me engano, deve ter sido trocado pelo filho do duque, que é mais rico.

– Aí é que está: Dulcineia não me desprezou, mas perderei o juízo de saudades. Estamos afastados há tanto tempo que nem sei se ela já tem outro no pensamento. A última vez que vi Aldonça Lourenço, seu verdadeiro nome, nem sei se me notou. Vá, Sancho, vá com o Rocinante. Não perca tempo e diga que enlouqueci de amor – disse, desmontando.

– Se é o que o senhor manda... Mas e a carta? Onde a escreverá?

O nobre pensou e teve um estalo:

– Já sei! No livrinho de Cardênio.

Dom Quixote, tranquilo, sentou-se em uma pedra, escreveu a mensagem e depois leu-a em voz alta cinco vezes, para Sancho decorá-la caso a perdesse:

Alta e soberana senhora,
Espero encontrá-la com saúde, esta que já não tenho. Escrevo estas mal traçadas linhas com o coração partido. Creio que não sabe, mas devoto-lhe o pensamento todos os dias e noites, formosa Dulcineia de Toboso. Se sua beleza me despreza, se tem um "não" em vez de um "sim" como resposta, minha agonia será infinita, e o desespero me dominará. Sancho, meu bom escudeiro, lhe contará o que tenho passado. Ó amada ingrata! Venha me socorrer, antes que eu cometa uma loucura.
seu Dom Quixote de la Mancha, o Cavaleiro da Triste Figura

– Belas palavras! – disse o escudeiro, enxugando as lágrimas.

– Sancho, antes de partir, é necessário que veja meu desespero, para relatá-lo a Dulcineia.

– Não precisa, o senhor já disse o que fará: rasgará as roupas, falará com as cabras... E o que comerá durante esses dias?

– Frutas e ervas; os apaixonados não têm apetite. Agora vá e cuide bem de Rocinante.

– Cuidarei. Só espero saber retornar – disse o escudeiro ao montar no cavalo.

– Faça como Teseu, que usou um fio para sair do labirinto de Creta. Como não temos carretel, jogue esses arbustos amarelos no caminho – disse, apontando para as giestas. – Depois é só segui-las. Vá com Deus! Volte em breve.

– Adeus! Vou num pé e volto no outro!

E Dom Quixote ainda gritou:

– Olhe, rasgarei a camisa! Cairei em prantos! Baterei com a cabeça nas pedras! Olhe, Sancho, para dizer que viu com seus próprios olhos!

– Não faça isso, meu senhor! Bata a cabeça numa coisa mais macia!

Enquanto o herói enlouquecia de amor, seguiremos o fiel escudeiro no capítulo seguinte. Tudo por Dulcineia!

9

A história de Doroteia

O escudeiro pegou a Estrada Real e seguiu para Toboso. Na manhã seguinte, passou perto da maldita hospedaria onde o tinham jogado para o alto com a manta.

– Aí não me meto de novo nem que a vaca tussa.

Porém, faminto, aproximou-se e espiou pela janela. Qual não foi sua surpresa ao ver sair de lá o padre e o barbeiro Nicolau. O escudeiro tratou de dar no pé. Mas os dois o reconheceram e gritaram:

– Sancho Pança! Volte aqui! Onde está Dom Quixote?!

– A governanta nos disse que você saiu com ele!

O empregado, resignado, deu meia-volta.

– Meu senhor está muito ocupado em certo lugar que não posso revelar.

– Sancho, diga a verdade. Esse cavalo é de Dom Quixote, e pensaremos que você o roubou.

– Claro que não! – disse, ofendido. – Não sou homem de roubar. Meu senhor está nas montanhas, em um retiro. Não trairei meu patrão! Ele é o melhor de todos, e me dará uma ilha para governar.

Os dois arregalaram os olhos.

– Uma ilha para governar?! – espantou-se Nicolau com a loucura do nobre.

– Sancho, conte-nos tudo o que aconteceu – disse o padre. – Só queremos levar Dom Quixote para casa são e salvo.

O escudeiro, convencido das intenções do padre, contou todas as aventuras, desde a luta contra os moinhos de vento até o encontro com Cardênio. Os dois, admirados com tanta insensatez, não sabiam o que dizer.

– Agora tenho que levar a carta para a senhora Dulcineia de Toboso – disse o empregado.

– Deixe-me ver a carta – pediu o padre.

O escudeiro foi tirá-la do bolso, mas não a encontrou:

– Ai, meu Deus! E agora? Perdi a carta! – De repente, lembrou-se: – Ah, mas eu a decorei. Deixe me ver... Começava assim: "Alta e sobremesa senhora...".

– Soberana? – perguntou o padre.

– Isso, soberana! E depois dizia que tinha "o coração ferido", e também dizia: "Penso em você todos os dias e noites", "se tem um 'não' em vez de um 'sim'", "cometeria uma loucura". E o final: "seu, Dom Quixote de la Mancha, o Cavaleiro da Triste Figura".

– Ótima memória, Sancho, mas por que Cavaleiro da Triste Figura?

– Dei esse apelido por meu patrão lutar mesmo entortado, quebrado e moído.

O padre e Nicolau se entreolharam, apreensivos.

– Sancho, temos um plano para levar Dom Quixote para casa – disse o padre. – Nicolau se vestirá de mulher, e eu me vestirei de escudeiro. Diremos a ele que o reino de uma princesa está ameaçado por um gigante e que precisa de um cavaleiro para defendê-lo. Com certeza, ele aceitará o desafio, e assim o levaremos para Mancha. Lá veremos um remédio para curá-lo dessa estranha loucura.

E Nicolau completou:

– Mas você terá que nos levar até ele.

O escudeiro concordou, mas antes pediu algo para comer, pois não se alimentava direito havia dias. Barriga cheia, pé na areia: os três seguiram caminho levando saia, touca – emprestadas pela mulher da hospedaria – e até uma barba postiça para o tal plano. Quando finalmente chegaram ao caminho rochoso, marcado pelas flores amarelas, Sancho seguiu sozinho, enquanto o padre e Nicolau se disfarçavam. Porém, nesse momento, viram um rapaz, sem camisa, a pular pelas pedras, falando sozinho. Os dois, ao mesmo tempo, perceberam de quem se tratava.

– Só pode ser Cardênio, o desprezado!

O padre, caridoso, aproximou-se do rapaz e tentou convencê-lo a abandonar aquela vida maltrapilha:

– Meu jovem, o tempo cura tudo. Dê um novo rumo a sua vida.

Cardênio, naquele momento, manso como uma ovelha, comentou:

– Pelo visto, minha infeliz história corre o mundo.

– Sancho, escudeiro de Dom Quixote, nos contou.

– Mas não sabemos o final! – lembrou Nicolau, curioso.

– Eu lhes contarei, e verão que só me resta lamentar-me caminhando por esses rochedos.

Os dois se sentaram, como num teatro, para ouvir o restante da história:

– Depois que reencontrei Lucinda, resolvi pedi-la em casamento e falei com meu pai; contudo, ele foi contra: "Espere e veja o que o duque Ricardo pensa fazer com você. É o seu futuro, meu filho!", disse. Foi então que Fernando, falso amigo, traidor, sugeriu: "Eu, como filho do duque, pedirei a mão de Lucinda em seu nome. Ele não a negará!". Acreditei e até o abracei de tanta felicidade. Como pude ser tão ingênuo? Como? E, para sua trama cruel ser perfeita, pediu-me que fosse ao castelo do pai pegar dinheiro, pois o dele acabara. Eu, tolo, fui. Deixei o caminho livre e não percebi nada. Quando cheguei ao castelo do duque, certo de que Fernando já teria feito o pedido em meu nome, recebi uma carta de Lucinda, desesperada:

Cardênio, meu amor, volte imediatamente! Seu amigo, filho do duque, nos traiu: pediu minha mão para ele próprio, e meu pai, ambicioso, aceitou. Apressado, marcou a cerimônia para amanhã! Meu amado, volte o mais rápido possível, ou será tarde demais!

da sempre sua,
Lucinda

Revoltado, voltei imediatamente e cheguei a minha cidade no dia seguinte. Por sorte, encontrei Lucinda na sacada, já vestida para a cerimônia. Ela me disse: "Cardênio, meu amor, já é hora do casamento. Tenho que ir, mas no momento certo direi que sou sua, somente sua! Ninguém me obrigará a casar com Fernando. E, se for necessário, levarei um punhal e darei cabo da minha vida!". Atônito, gritei para ela não cometer tamanha loucura, mas nem sei se me ouviu, pois a levaram para dentro. Entrei na casa feito um doido, disposto a evitar o pior. Eram tantos convidados que nem me notaram. Cheguei ao recinto e me escondi atrás de uma cortina. De lá pude ver tudo: os pais dela, os padrinhos, o padre, Fernando e Lucinda. Quando o pároco perguntou: "Quer, senhora Lucinda, ter Dom Fernando como seu legítimo esposo?", ela ficou pálida e muda, até que disse baixinho: "Sim". Em seguida desmaiou. Lucinda não teve coragem! Traiu-me! Preferiu o filho do duque, mais rico! Transtornado, pensei em desaparecer dali, correr, mas não saía do lugar. Todos a acudiram; a mãe abriu a gola do vestido para a filha respirar melhor e, surpresa, achou um bilhete dobrado. Fernando rapidamente o leu e ficou sério, pensativo. Não aguentei mais nem um segundo ali e saí. Peguei meu cavalo e corri desesperado pelos campos. Cheguei a este rochedo disposto a rolar pelas pedras; porém continuo vivo graças aos pastores que deixam comida para mim e gostam de ouvir meus versos. Essa é minha infeliz história, meus amigos.

Quando o padre e Nicolau, comovidos, foram consolá-lo, ouviram uma voz a se lamentar perto dali. Curiosos, foram até lá. Não andaram nem vinte passos e viram um camponês sentado numa pedra, com um chapéu, de cabeça baixa a se lamuriar:

– Ai de mim! Que triste minha sina! Não tenho mais esperança!

O padre se aproximou:

– O que aconteceu, meu jovem? Podemos ajudá-lo?

O camponês deu um pulo, assustado, e, sem querer, seu chapéu caiu, revelando longos e belos cabelos dourados: era uma mulher!

– É tão bela como Lucinda! – disse Cardênio.

A moça, com medo, fez que ia fugir, mas o padre a tranquilizou:

– Somos da paz. Não a incomodaremos. Só estamos preocupados. Onde moram seus pais?

– Não tenho mais casa nem vida. Para mim não há remédio – disse, entre lágrimas. – Mas contarei minha triste história: meu nome é Doroteia, e meu pai é empregado do duque Ricardo, um grande nobre da Espanha.

Ao dizer isso, todos, principalmente Cardênio, se surpreenderam. E a moça continuou:

– O duque tem um filho, Fernando, e este, quando me viu pela primeira vez, se disse apaixonado. Mandava-me presentes, cartas e bilhetes de amor. Meus pais advertiam-me: "Nunca um nobre se casará com a filha de um camponês". Mas eu me apaixonei e acreditei nele quando jurou, ajoelhado, que seria meu esposo. Depois da promessa, desapareceu. Nunca mais o vi e, semanas depois, ouvi o boato de que havia se casado com outra, de nome Lucinda, da cidade vizinha.

Ao ouvir o nome da amada, Cardênio enxugou as lágrimas. Doroteia entendeu tudo, e continuou:

– Louca de raiva, depois de tantas juras de amor, não pensei duas vezes: disfarcei-me com roupas de meu pai, peguei o cavalo e fui até a tal cidade. Quando perguntei onde era a casa de Lucinda, soube de toda a história: não houve casamento. Lucinda desmaiou na hora do "sim", mas tinha consigo um bilhete em que dizia não poder se casar com Fernando por já ser esposa de Cardênio, um jovem da mesma cidade. Furioso, Fernando tentou investir contra ela, mas foi impedido pelos pais e então desapareceu. Lucinda só acordou na manhã seguinte e, no mesmo dia, fugiu de casa em busca de Cardênio. E eu, sem saber o que fazer, desprezada, ando pelos campos a me lamentar.

Todos, boquiabertos com a nova versão da história, viram Cardênio dirigir-se à jovem, emocionado:

– Doroteia! Mil vezes obrigado! Sou Cardênio, do qual Lucinda disse ser esposa. Como fui tolo ao sair antes de saber o que dizia o bilhete. O casamento não se realizou! Ela não me traiu! Que alegria! E eu, como cavaleiro, irei até o fim do mundo encontrar Fernando, e ele se casará com você, juro!

Todos se abraçaram, felizes. Nicolau e o padre narraram as história e maluquices de Dom Quixote, além do plano de levá-lo para casa são e salvo. Doroteia, entusiasmada, ofereceu-se para ajudar.

– Adoro livros de cavalaria. Posso fazer o papel da princesa, se quiserem. Tenho um vestido na minha trouxa.

Os olhos de Nicolau e do padre brilharam como diamantes:

– Esplêndido!

Tudo combinado! Nisso, Sancho aproximou-se com notícias do patrão:

– Meu senhor está mais magro que nunca – disse, aflito. – E só fala em Dulcineia e gigantes.

O padre lhe apresentou Doroteia, já em seu vestido e com os cabelos penteados:

– Esta é a princesa de Alicante. Seu reino está ameaçado por um terrível gigante!

– Minha nossa! Nunca vi beleza assim tão grande! – disse o escudeiro, curvando-se como se visse uma princesa.

– Obrigada! – disse a moça. – Agora levante-se, meu bom homem.

Nicolau, com a barba postiça, perguntou se também parecia bonito, e todos riram. Tudo preparado: Sancho, Nicolau escudeiro e Doroteia princesa subiram o caminho dos rochedos ao encontro do herói, enquanto o padre e Cardênio esperavam ali, na Estrada Real.

Ao chegarem, depararam-se com o nobre de pé, vestido, mas ainda fraco.

– Meu patrão! – disse Sancho. – Esses são a formosa princesa de Alicante e seu escudeiro, dos quais lhe falei. Eles precisam da sua proteção!

Doroteia ajoelhou aos pés do herói:

– Meu senhor Dom Quixote, o mais famoso de todos os cavaleiros andantes! Ó invencível guerreiro! Salve o reino de Alicante! Imploro-lhe proteção!

O herói, ao vê-la, mudou de expressão e fez a dama se levantar:

– Por favor, fique de pé, Alteza.

– Meu reino está ameaçado por um terrível gigante. A única salvação é o senhor com seu bravo escudeiro!

Sancho se encheu de orgulho; Nicolau, por sua vez, riu tanto que a barba caiu, mas rapidamente a colou de volta no rosto, antes que o nobre o reconhecesse.

– Nada tema, formosa princesa! – E dirigindo-se ao escudeiro: – O que estamos esperando? Partamos imediatamente! – animou-se o cavaleiro. – Sancho, sele Rocinante e traga minhas armas!

Dom Quixote mudou da água para o vinho; cheio de ânimo, parecia outra pessoa. Montados em seus cavalos, partiram todos.

– Tudo por Dulcineia!

Foram ao encontro do pároco e de Cardênio, disfarçados e de cabeça baixa.

– Eles também são meus escudeiros, meu senhor – disse Doroteia.

O herói, de tão empolgado, não os reconheceu. Seguiram pela Estrada Real e só no dia seguinte avistaram a hospedaria.

Porém, leitor, só veremos o que sucedeu por lá no capítulo seguinte. Vamos! As aventuras nos esperam!

10

Bacia de barbeiro ou capacete de cavaleiro?

A trupe foi bem recebida pelo dono da hospedaria e por sua família.

– Meu senhor castelão, teremos quartos para todos? – perguntou o herói. – E o melhor deles para a princesa de Alicante, é claro.

– Temos, mas terá que pagar...

– Pagaremos! – disse o herói, sem um tostão furado no bolso.

Enquanto Dom Quixote e Sancho, exaustos, foram se deitar, todos se deslumbraram com a beleza de Doroteia e do jovem Cardênio. O padre pediu uma boa refeição para os amigos e explicou com mais detalhes a loucura do nobre:

– Foi em consequência da leitura desenfreada dos livros de cavalaria. De tanto ler, não sabe o que é real e o que é fantasia.

O dono da estalagem não compreendia uma coisa dessas, por também apreciar a leitura daquele gênero:

– Eu mesmo, um simples comerciante, me distraio muito com essas histórias; me esqueço da vida, dos problemas... E é bem verdade que por vezes me dá ganas de sair por aí a cavalo, com uma lança, e dar umas boas pancadas em quem não presta!

– Eu me emociono – comentou a filha – quando os cavaleiros, sozinhos, se lamentam e fazem poemas para as amadas; chego até a chorar... É triste demais! Por que será que essas senhoras, desalmadas, sempre os desprezam?

– E por que será que a minha filha fala tanto? – reprimiu o pai.

– Só dou minha opinião – retrucou a jovem, empinando o nariz.

Nesse momento, entrou na hospedaria uma turma misteriosa: uma dama de véu, um homem com máscara negra – proteção contra a poeira das estradas – e seus escudeiros, também mascarados. O dono e a mulher foram recebê-los, enquanto Cardênio se escondia no quarto ao lado, onde Dom Quixote e Sancho dormiam. Doroteia pôs o véu e ficou por ali com o padre e Nicolau. O casal entrou, e a dama sentou-se, suspirando, como se não se sentisse bem. A camponesa, atenciosa, aproximou-se.

– O que tem, senhora? Necessita de alguma ajuda? Pode contar comigo.

– Não insista – disse o homem mascarado. – Ela não diz nada e, se falar, só dirá mentiras.

A dama, irritada, retrucou:

– Mentir, eu?! Se desde o começo só luto pela verdade! E essa é a razão dos meus infortúnios. O senhor, ao contrário de mim, é que só faz mentir.

Do quarto, Cardênio ouviu a voz da dama e deu um grito, sobressaltado:

– Meu Deus! O que ouço? Que voz é essa?!

Por sua vez, a dama também escutou o grito vindo do quarto e se levantou, mas o homem a segurou firme pelo braço.

– Solte-me! – disse ela, tentando desvencilhar-se.

Com o movimento, seu véu caiu do rosto e também a máscara do cavalheiro. Doroteia, entre os dois, arregalou os olhos como se visse um fantasma:

– Fernando!!! – e desmaiou, sendo amparada pelo padre, que lhe tirou o véu.

– Doroteia! – gritou o filho do duque, jogando-se ao chão.

A moça, com lágrimas nos olhos, voltou a si:

– Sou eu, aquela que você desprezou. Aquela que você abandonou.

– Perdoe-me, meu amor! Perdão! Agora vejo como fui tolo! Como fui cego! Não sou digno de você! Perdão!

– Eu o perdoo, pois sou sua, e você sempre será meu.

E os dois se abraçaram, emocionados. A mulher, a filha e a criada se comoveram com a linda cena. Cardênio finalmente saiu do quarto e se deparou com a amada:

– Lucinda!

– Cardênio!

Os dois correram um para o outro e se beijaram com paixão. E mais lágrimas correram na hospedaria. Nicolau e o padre, emocionados, abraçaram-se.

– Como diz o célebre dramaturgo inglês: "Tudo está bem quando termina bem" – citou o padre.

– Mas será que terminou? – perguntou Nicolau ao perceber Cardênio desembainhando a espada e dirigindo-se ao filho do duque:

– Traidor! Agora você me pagará!

Ao ver isso, o dono da hospedaria animou-se:

– Agora sim! Teremos emoção!

Contudo, Lucinda e Doroteia, rápidas, colocaram-se na frente dos amados:

– Agora que o desejo dos céus nos reconciliou... – disse uma.

– ... e que o amor reina em nosso coração... – completou a outra.

– ... é hora de paz e perdão! – disseram ambas.

– Amém! – finalizou o padre.

E tudo terminou bem entre Cardênio, Lucinda, Fernando e Doroteia; porém, houve um segundo ato, pois Sancho apareceu aos gritos:

– Acudam! Meu senhor cortou a cabeça de um gigante, e o quarto está todo ensanguentado!

O padre, Nicolau e Doroteia foram até lá e viram o nobre em cima da cama, de camisolão, espada em punho, e uma poça de vinho no chão.

– Cortei a cabeça do gigante, formosa princesa! Seu reino está salvo! Sancho, procure a cabeça do gigante! – disse Dom Quixote.

– Sim, meu patrão. – E, sem titubear, enfiou-se debaixo da cama.

– Obrigada, meu senhor! – disse Doroteia. – Não tenho palavras para lhe agradecer tamanha façanha. Agora, venha conosco comemorar em um banquete real.

O padre o ajudou a descer, e o herói foi com a princesa e Nicolau para a sala. Por sua vez, o dono da hospedaria entrou no quarto e percebeu que a tal cabeça do gigante era nada mais, nada menos que um barril de vinho.

– Padre, o senhor terá que pagar todo esse estrago! – disse, irritado.

– Pagarei. Não se preocupe. – E dirigindo-se ao escudeiro: – Sancho, o que está fazendo aí embaixo?

– Procuro a cabeça do monstro! Se não achar, não ganho a ilha!

– Não existe cabeça de gigante nenhum, meu filho! Parece que está tão louco quanto seu patrão. Saia daí!

E o escudeiro, ainda na dúvida, obedeceu ao padre. Enfim, tudo calmo: o fidalgo e Sancho alegres, fazendo uma boa refeição junto aos amigos; porém – nunca há um minuto de sossego nessa hospedaria! –, de repente, adentrou o barbeiro, dono da bacia que o herói dizia ser o capacete de Mambrino:

– Ah, aí estão vocês! Quero minha bacia de volta!

Sancho, corajoso, defendeu o nobre:

– Ela nos pertence! Foi conquistada num combate, e agora é o capacete de Dom Quixote!

– Dom Quixote ou Dom Ladrão? – retrucou o homem.

– Como se atreve a falar assim do meu senhor?! – gritou Sancho, partindo para a briga.

O escudeiro avançou contra o barbeiro, mas foi impedido por Cardênio e Fernando. O herói, orgulhoso da valentia de Sancho, levantou-se e disse, sério:

– O senhor está enganado! – E, dirigindo-se ao escudeiro: – Sancho, vá lá dentro e traga o capacete. Assim, todos verão a verdade.

Sem demora, o empregado foi ao quarto e entregou o objeto ao nobre. Os amigos prenderam o riso, pois tratava-se obviamente de uma bacia.

– Vejam! Este aqui é o legítimo capacete de Mambrino, que lhe tomei em guerra. É claro que parece uma mera bacia, pois foi alterado. Mas quem conhece sabe: é o capacete encantado.

Nicolau, rindo da situação, pegou a bacia e defendeu o herói:

– Meu amigo – disse ao barbeiro –, também sou profissional da barbearia. Com anos de profissão, conheço todos os instrumentos do nosso ofício. E essa peça não é uma bacia de barbeiro, como o sol não nasce à noite e como vinho não é água. É um capacete, sem sombra de dúvida.

O barbeiro, indignado, pediu ajuda aos outros nobres senhores:

– Apelo aos cavalheiros, que parecem ter ido à universidade e ser doutores. O que parece este objeto?

E a bacia foi de mão em mão.

– É difícil dizer – disse Cardênio, entrando na brincadeira.

– Eis um dilema difícil de resolver – comentou Lucinda.

E Fernando sugeriu:

– Proponho uma votação!

– Apoiado! – afirmou Doroteia.

E todos concordaram. No final, o dono da hospedaria contou os votos:

– Venceu o capacete!

Todos deram vivas, e o barbeiro, bastante contrariado, resmungou:

– Vocês são malucos! A loucura do magrelo é das que pegam. Vou embora!

O pobre homem já saía quando se ouviram cornetas reais: quatro guardas do rei entraram na hospedaria.

– Em nome do rei da Espanha! Procuramos um homem magro, usando armadura e lança, que vem perturbando a ordem das estradas reais!

Todos, rápidos, se posicionaram na frente de Dom Quixote, mas o barbeiro, ainda ali, o denunciou:

– O magrelo está ali atrás, com minha bacia na cabeça!

– Capacete! – protestou o herói, sem pensar.

Os guardas avançaram para prendê-lo, mas Fernando, Cardênio, Sancho e Nicolau os impediram:

– Deixem-no em paz!

– Ele é inofensivo!

– Larguem meu patrão!

– É assim que tratam um cidadão de bem?!

Confusão geral, empurra-empurra, até que Dom Quixote gritou:

– Senhores! Acalmem-se.

E todos pararam e o ouviram:

– Se, ao defender os pobres e os necessitados, sou preso, é porque há algo de podre neste castelo. Já suspeitava disso, não é, Sancho? Mas o fato é que o feiticeiro Frestão está por trás de tudo isso e enfeitiçou esses guardas reais. Sei que a coragem e a luta pela justiça incomodam. Sempre foi assim: a virtude é mais perseguida pelos maus do que defendida pelos bons. Mas o mal não durará para sempre! Os bons tempos voltarão!

Os amigos, emocionados, bateram palmas e gritaram vivas. O herói, confiante, foi levado pelos guardas. O padre e Fernando, por sua vez, aproximaram-se do chefe dos guardas e lhe explicaram a situação.

– Dom Quixote está bastante doente. Não se prende uma pessoa nesse estado. Garanto ao senhor que o levaremos para casa amanhã mesmo! – disse o padre.

O guarda analisou a situação, pôs a mão no queixo e disse, severo:

– Então nós o colocaremos em uma jaula.

– Por Deus? Uma jaula?!

– Sim. Puxada por um carro de boi. Assim, ele não fará mal a ninguém nem a si mesmo. Faremos a escolta até a casa do nobre.

Fernando e o pároco se entreolharam, chocados: "Jaula?!". Todavia, era melhor que se o levassem para a cadeia, e aceitaram os termos. O oficial explicou tudo:

– Traremos a jaula e seguiremos com os senhores. Digam para ele que são artes dos feiticeiros. Ele não é louco? Acreditará em tudo. E outra coisa: devolvam a bacia do mestre barbeiro.

O padre, ainda em choque, aproximou-se do mestre e lhe deu algumas moedas pelo objeto, e este, satisfeito, foi embora.

Enquanto isso, vendo-se livres, o herói e Sancho, cansados, foram dormir.

Fernando contou a história da jaula para os amigos, e as damas, tristes, preferiram ir embora. Lágrimas e tristeza na despedida.

– Padre, Nicolau, mandem notícias, por favor! – pediu Doroteia.

– Com certeza! E vocês também! – disse o padre.

– Mandaremos! – afirmou Fernando.

– Que encontrem um remédio para Dom Quixote o quanto antes! – desejou Lucinda.

– Assim seja!

A filha do dono da hospedaria e a criada, desconsoladas, despediram-se das amigas, e a trupe partiu.

– Que tudo corra bem para Dom Quixote! Tudo por Dulcineia! – gritou Cardênio.

11

Dom Quixote volta para casa... na jaula

Logo que a trupe se foi, os guardas chegaram com a jaula de madeira cruzada, como uma enorme gaiola, bem espaçosa para uma pessoa. Os oficiais, encapuzados, entraram no quarto do fidalgo enquanto ele dormia. Nicolau cobriu o rosto e foi com o grupo para acalmar o herói. Pé ante pé, sem fazer alarde, chegaram até ele, amarraram suas mãos e pés e o colocaram na jaula. Quando acordou, surpreendido, espantado, vendo os encapuzados, gritou:

– Sancho! Eles voltaram! Eu disse que este castelo era enfeitiçado! Vieram a mando de Frestão!

O escudeiro, pasmo, não conseguiu se mover nem falar de tanto medo, e Nicolau os tranquilizou, com uma voz grave e sombria:

– Ó Cavaleiro da Triste Figura, acalme-se. A prisão é o seu último sacrifício. Logo terminarão as aventuras, e tudo acabará bem: o leão furioso manchado e a pombinha tobosina se unirão. E você, ó fiel escudeiro, não se impressione com seu senhor na cela, pois ele logo estará livre, e você terá o seu salário e a sua recompensa!

Dom Quixote percebeu o significado daqueles enigmas: ele era o leão furioso manchado, e Dulcineia, a pombinha tobosina! Arriscou um diálogo com o fantasma camarada:

– Ó amigo que não sei quem é! Agradeço suas tão esperançosas previsões. Se Frestão está por trás disso, espero que não me deixe aqui eternamente. E, em relação a Sancho, meu fiel escudeiro, espero lhe dar tudo o que prometi: os salários e a tão sonhada ilha.

O escudeiro, comovido, beijou as mãos amarradas do herói:

– Meu senhor! Obrigado! – E cochichou ao pé do ouvido dele: – O dia já vai raiar, e veremos quem são esses encapuzados.

Os oficiais mascarados levaram a jaula nos ombros e a colocaram no carro de bois. Sancho seguiu atrás, sempre ao lado do nobre.

– Sancho, jamais li sobre cavaleiros enjaulados por fantasmas e puxados por um simples carro de boi. Os heróis dos livros são geralmente raptados por uma nuvem ou um carro de fogo. Isso não tem lógica... O que acha?

– Também não sei. Nunca li esses livros. Mas, para falar a verdade, não acho que eles sejam assombrações, mas sim gente de carne e osso. Já os toquei, e são roliços, têm carne.

O padre, com o rosto coberto, com medo de que Sancho descobrisse tudo, acertou as contas com o dono da hospedaria.

– Adeus, Dom Quixote! E juízo! – disse o homem, satisfeito com o dinheiro no bolso.

A mulher, a filha e a criada, tristes ao verem o pobre na jaula, despediram-se com lágrimas nos olhos:

– Adeus, cavaleiro andante! Volte em breve!

– Voltarei! Mas não chorem. A vida de um cavaleiro famoso é assim mesmo, cheia de sobressaltos. Meus grandes feitos ainda serão escritos, e vocês serão lembradas. Agradeço a acolhida! Obrigado por tudo!

E finalmente partiram: na frente foi o carro de boi com a jaula, tendo ao lado os guardas reais; depois Sancho, montado no burro, puxando as rédeas de Rocinante; em seguida, o padre e Nicolau. Caminharam algumas léguas e, na hora do almoço, apearam em um lugar agradável, bom para os animais pastarem. O escudeiro, esperto, já sabia que não eram "fantasmas" e sim os amigos e os guardas reais. Pediu então que seu patrão saísse da jaula para almoçar e andar um pouco.

– Só se jurar, der a palavra de cavaleiro que não aprontará nada, nenhuma loucura – disse o padre.

– Eu juro! – gritou Dom Quixote da jaula.

Desamarraram-no, e, fatigado, o herói agradeceu. Sentaram-se na grama para uma refeição ligeira. Tudo ia bem quando, de repente, ouviu-se uma trombeta. Dom Quixote virou a cabeça, procurando de onde vinha o som: era uma procissão de lavradores, vestidos de branco, encapuzados, rogando a Deus por chuva para acabar com a seca. Levavam no andor a imagem de uma santa encoberta, e isso foi um prato cheio para o herói:

– Veja, Sancho, há uma dama sendo raptada por estranhos demônios!

Ágil como um rapaz de vinte anos, o herói montou em Rocinante e... zás-trás: partiu para cima dos fiéis.

– Meu senhor! – gritou Sancho – É só uma procissão! Volte!

Os guardas e o escudeiro, pegos de surpresa, foram atrás dele, mas Dom Quixote nem ouviu. Rápido como uma lebre, aproximou-se do grupo de penitentes.

– O que deseja, irmão? Estamos com pressa! – disse um deles.

– Soltem imediatamente a dama que trazem presa! Sou Dom Quixote de la Mancha e luto contra a injustiça e contra a tirania.

Os fiéis, acreditando tratar-se de um louco, riram do herói. Enfurecido, o nobre partiu para cima dos que carregavam o andor, com a espada em punho. Contudo, um deles o atacou antes com um bastão, e o pobre caiu, rolando pelo campo. Quando Sancho e todos se aproximaram para socorrê-lo, encontraram-no desacordado.

– Meu patrão! O senhor me prometeu que não faria mais loucuras... – disse Sancho, ajoelhado, às lágrimas.

O herói, imóvel, parecia morto, e os fiéis começaram a rezar. Sancho gritava e chorava:

– Ó cavaleiro andante Dom Quixote! O mais valente! Ó grande protetor dos humildes! Meu senhor! O melhor dos patrões!

E foram tantas lágrimas e gritos que o herói despertou:

– Dulcineia, onde está que não me acode?! Ó Sancho amigo, ajude-me a voltar para a jaula... Estou todo moído e alquebrado...

O escudeiro, feliz, enxugou as lágrimas e gritou:

– Meu patrão está vivo! – E, dirigindo-se ao nobre: – Ajudo! Mas agora vamos para casa, meu senhor. É tempo de repouso! Depois pensaremos em novas aventuras.

– Sim, Sancho. Vamos para casa. Um cavalheiro sabe a hora de se recolher.

Os guardas o levaram para o carro de boi – agora sem a jaula – e partiram. Dom Quixote, combalido, ia deitado em cima da palha. Quando finalmente entraram na aldeia, o povo, ao ver Sancho e o fidalgo, fez uma grande festa:

– Viva! Dom Quixote voltou!

– Viva, Sancho!

O faz-tudo da fazenda, alegre, disparou para avisar a governanta e a sobrinha do nobre.

– Deus seja louvado! – disse uma.

– Meu tio! Graças aos céus! – disse a outra.

As duas, assim como Teresa Pança e os filhos, foram para a porteira recebê-los. O carro apontou na estrada, e foram correndo até lá festejá-lo.

– Titio! Como se sente?

– Só estou moído, minha sobrinha. Chamem Urganda, a feiticeira, para cuidar das feridas.

A mulher do escudeiro queria saber de tudo.

– Sancho, por onde vocês andaram?! Mas que demora! Está com saúde? E o que trouxe das suas escudeirices? Roupa? Comida? Dinheiro?

– Não, mulher. Trouxe uma coisa de grande valor que não se pode pegar.

– O quê?

– Esperança.

O nobre foi levado para o quarto, direto para a cama.

– Mas onde estou? – perguntou ele, ainda zonzo.

– Em casa, titio!

– Na santa paz, meu patrão. Durma tranquilo.

A sobrinha e a governanta souberam de toda a história e toda a odisseia para trazê-lo de volta.

– Malditos livros de cavalaria! – gritou uma.

– Malditos autores! – esbravejou a outra.

E agora? Será que teremos surpresas nos próximos capítulos? Tudo por Dulcineia!

Parte II

12

Novas aventuras

O padre e o barbeiro se afastaram de Dom Quixote durante um mês, para, assim, não despertarem as tristes lembranças da jaula e das últimas aventuras. Contudo, visitavam a sobrinha e a governanta e mantinham-se a par de tudo. O pároco recomendava oferecer ao nobre uma alimentação saudável, além de repouso e carinho:

– Tenho fé que assim nosso amigo se recuperará.

E, de fato, na última visita, as notícias foram animadoras:

– Meu tio está muito bem! Não fala mais no assunto cavalaria andante. Está curado!

– Graças aos céus! – disse o padre.

– Difícil de acreditar... – comentou Nicolau, ressabiado.

Com as boas-novas, a dupla o visitou, porém não falaram nada sobre livros de cavalaria. Encontraram-no na cama, de camisolão e gorro na cabeça, bastante magro, pálido e com os olhos fundos. Conversaram sobre a fazenda, o tempo, casos antigos da aldeia. Realmente, o fidalgo parecia calmo e tranquilo. Todavia, para tirar a teima, o padre mudou a estratégia e tocou no assunto proibido:

– Dizem que o rei está preocupado com uma possível invasão dos inimigos. Se isso ocorresse, que conselho daria?

– Ora, nada mais fácil! Se Sua Majestade chamasse os mais valentes cavaleiros andantes para enfrentá-los, seria batata: acabaríamos com todos em uma única batalha – disse Dom Quixote, convicto.

– Inclusive o senhor?

– Claro!

A sobrinha irritou-se:

– Não posso acreditar, meu tio! Já vem com essa história de cavaleiro andante de novo?

– Nunca deixarei de ser cavaleiro, com ataque dos inimigos ou não!

– Tio, não sabe que essas histórias são invenção, fábulas? Todas deveriam ser queimadas!

O nobre, estarrecido, respondeu:

– Minha sobrinha, como diz uma coisa dessas?! Se Amadis a ouvisse, não sei o que faria. Mas bem sei que não faria nada, pois era um homem bom e defensor das damas. Não a castigo porque é filha da minha querida irmã.

Os amigos perceberam que tudo continuava como dantes no quartel de Abrantes. Foi quando ouviram uma gritaria no portão: Sancho Pança discutia com a governanta, que o impedia de entrar. O nobre aguçou os ouvidos e tentou escutar o que se passava:

– Sancho, volte para sua casa! O senhor enlouqueceu meu patrão!

– Ora, mas foi justamente o contrário: ele é que me deixou zureta. Seu senhor me levou por esse mundo afora e me prometeu uma ilha para governar.

– Aqui não existe ilha nem meia ilha. Vá governar sua casa, ora essa!

– Boa senhora, deixe-me falar com meu patrão... – pediu Sancho, mudando o tom. – Tenho uma notícia que vai animá-lo muitíssimo...

Ao ouvir isso, Dom Quixote mandou a sobrinha deixá-lo entrar sem mais demora. O padre e Nicolau despediram-se e saíram com péssimas impressões:

– Ainda não está curado...

Os dois cruzaram com o escudeiro.

– Nada de aventuras, hein, Sancho?

– Claro, padre, claro...

O escudeiro entrou no quarto de Dom Quixote e fechou bem a porta.

– Que alegria revê-lo, meu bom amigo! – disse o nobre, animado. – Quais são as boas-novas? Uma carta da formosa Dulcineia?

– Não, meu senhor... – respondeu, sem graça, pois não fora a Toboso e muito menos entregara a carta.

– Então o que é?

– O senhor não acreditará – disse, puxando a cadeira e sentando-se ao lado do nobre. – O filho de Bartolomeu Carrasco, que fora estudar em Salamanca, chegou ao povoado com uma grande novidade. Disse que nossas aventuras viraram livro! O título é: *O engenhoso fidalgo Dom Quixote de la Mancha.* Eu estou lá, a senhora Dulcineia, Rocinante... Quase caí para trás... Como pode ser isso, meu patrão?

O nobre, boquiaberto, disse:

– Não posso acreditar...

Depois, pensou, coçou a cabeça e disse com ar grave:

– Isso só pode ser arte de algum feiticeiro. Só resta saber se contou a verdade ou escreveu calúnias.

– *Calúnias*?! – perguntou Sancho, sem entender.

– Calúnias, mentiras, falsidades que inventam para desmoralizar o rival. Coisa de gente ordinária.

– Entendi... Quer que eu chame o rapaz aqui?

– Seria ótimo! Estou curioso para saber mais detalhes dessa história.

– Pode deixar! Vou num pé e volto no outro!

Dito e feito, o escudeiro se retirou e logo voltou com o estudante Sansão Carrasco – jovem maroto, malandro. Este ajoelhou-se aos pés do nobre:

– Ó grande Dom Quixote! O mais famoso, o mais audaz cavaleiro andante da Espanha e, quiçá, do mundo! Sou um humilde estudante de Letras, seu criado! É uma honra conhecê-lo! – disse, rindo por dentro.

O rapaz era um ator nato e só queria se divertir à custa do herói.

– Levante-se, meu rapaz, por favor! – disse o nobre, constrangido. – Então é verdade que nossas aventuras foram impressas?

– Sim! Já é um sucesso em quase toda a Espanha! Vende mais que laranja na feira. Já chegam a doze mil exemplares vendidos! Todos gostam: crianças, adultos, pobres, ricos...

– E por acaso sabe quais as aventuras que mais agradam? – indagou o fidalgo, para ter certeza de que Sansão dizia a verdade.

– Nesse ponto, há discordância: uns preferem a luta contra os moinhos de vento, que o senhor tomou como gigantes; outros já dizem que é o ataque às ovelhas, que lhe pareciam dois exércitos. E também há os que garantem que a investida contra os sacerdotes que levavam o defunto para Segóvia é o mais engraçado.

Dom Quixote e Sancho entreolharam-se, boquiabertos:

– Estou perplexo! – disse o nobre.

– E por acaso entrou a aventura dos tropeiros em que Rocinante se engraçou com as éguas? – perguntou Sancho.

– Tudo foi escrito, nada ficou no tinteiro. Até o caso em que o jogaram para o alto na manta, na hospedaria, entrou. A única dúvida que muitos leitores tiveram, Sancho, foi em relação às moedas de ouro achadas na maleta de Cardênio. Que fim tiveram? – perguntou Sansão, maldoso, cutucando o escudeiro.

O camponês, sem graça, respondeu:

– Dei para minha mulher; caso contrário, levaria mais surras do que apanhei nas aventuras...

– E o que falam mais? Nenhuma crítica? – perguntou o nobre, ainda desconfiado do jovem risonho.

– Sim. Há um pequeno comentário: a maioria preferia que o senhor e Sancho apanhassem menos. Foram pedradas e costelas quebradas demais.

– Ah, isso eu concordo! Ainda tenho dores no corpo todo – disse o escudeiro, sentindo as costas.

– Ora, toda aventura tem seus percalços, complicações – contestou Dom Quixote. – Um herói somente com sucessos não teria graça alguma. Imagine se Ulisses, da *Odisseia*, não tivesse seus contratempos?

O escudeiro, curioso, quis saber:

– E o que falam de mim? Afinal, sou a segunda pessoa mais importante da história, não é?

– Exato. Você é o segundo personagem principal, e os leitores o acharam divertidíssimo. Todavia... – disse o jovem, de forma maliciosa – alguns pensam que foi ingênuo demais ao acreditar que saberia governar uma ilha.

Dom Quixote, mais uma vez, protestou:

– Mas, com a idade, Sancho ganhará experiência e sabedoria, e certamente dará conta de governá-la.

O escudeiro, indignado, retrucou:

– Mas, ora, o problema não é ter sabedoria ou experiência de mais ou de menos. A questão é que não há ilha alguma.

– Mas ela virá! Não tarda e...

– E teremos novas aventuras?! – interrompeu Sansão, animado. – Os leitores aguardam ansiosos pela segunda parte.

Nisso, ouviu-se da estrebaria o relincho de Rocinante, que o herói entendeu como um sinal.

– Sancho, ouviu isso? É um aviso! É hora de mais aventuras, emoção, façanhas. Vamos, meu amigo? – perguntou, animado.

– Vamos, meu patrão!

O herói ganhou outra cor e se encheu de alegria:

– Prepare os alforjes com mantimentos e unguentos. Arranjarei dinheiro, limparei a armadura, o escudo e a espada.

– Posso ir com vocês? Seria uma honra incomparável! – entusiasmou-se Sansão. E perguntou, insistente: – Posso? Posso? Por favor!

– Não, meu rapaz. Mas lhe deixarei uma incumbência: escreva um belo poema para minha amada, Dulcineia. É isso que os jovens fazem: poemas, versos...

– Claro! Não sou dos melhores, mas o farei – disse, sempre com um ar alegre.

Enquanto Sancho corria para contar a novidade à mulher, Sansão, na saída, encontrou a governanta e a sobrinha de prontidão. As duas, sentindo cheiro de aventuras, o abordaram:

– Senhor Sansão, o que tanto conversava com meu tio e Sancho Pança?

– Ah, nada demais... – despistou o rapaz. – Conversávamos sobre os estudos em Salamanca...

A governanta, direta, pôs os pingos nos is:

– As duas vezes em que meu patrão retornou dessas andanças pelo mundo, voltou quebrado: na primeira, chegou estirado num burro, e, na segunda, moído num carro de boi. Se sair a terceira, não sabemos como será...

E a sobrinha completou:

– O senhor, por favor, avise ao padre e ao barbeiro Nicolau que há algo acontecendo por aqui.

– Deixem comigo! Fiquem sossegadas... – disse o fingido, saindo apressado.

As duas, desconfiadas, perceberam que elas mesmas teriam de convencer Dom Quixote a ficar em casa.

– Meu patrão, o senhor não vai sossegar, não é? – perguntou a governanta.

– Não, minha amiga. Não posso viver alheio a tantas injustiças. Os tiranos estão à solta. Tenho que endireitar o que está torto. Nasci para isso. Porém, não penso nisso agora. São coisas futuras... – desconversou.

A sobrinha, sem papas na língua, disse:

– Meu tio, desculpe lhe falar, mas serei franca: parece-me que age como jovem sendo velho. É nobre, mas se diz cavaleiro andante. Fala que quer endireitar as coisas tortas, mas anda torto pela idade. Fique sossegado em casa, por favor!

– Tem razão, minha sobrinha. Estou velho e torto, mas sinto-me um jovem de vinte anos, graças aos livros de cavalaria. Eles me deram ânimo, vida. Quero sair por esse mundo, socorrer os órfãos e as viúvas, dar comida aos que têm fome e água aos que têm sede. Se ficar aqui deitado nessa cama... não sei o que será de mim. Agora, chega de drama! E, afinal, quem disse a vocês que partirei? – despistou.

– Não precisa dizer, meu tio. Está escrito no seu rosto – disse a jovem, com os olhos marejados.

Quando Sancho pôs o nariz em casa, Teresa entendeu tudo:

– Que alegria é essa, Sancho? Já vi tudo: sairá outra vez com Dom Quixote.

– E dessa vez ganharei a ilha.

– Aposto que se esquecerá de mim e dos seus filhos.

– Claro que não, mulher! Venho aqui buscar vocês. Vamos ter vida de patrão! Só mandando...

Mas Teresa não se conformava:

– Sancho, você nasceu sem ilha, viveu sem ilha até agora, por que quer tanto essa porcaria? Governe nossa roça. Nosso filho, Sanchico, tem que ir para a escola, e Sanchica tem que arranjar um marido honesto e trabalhador...

– Nossa filha casará com um duque e será duquesa – disse ele, decidido.

– Coitadinha, não se acostumará. Nasceu na roça. Não se sentirá à vontade. Essa gente rica é metida, arrogante, vão rir dela. Vamos casá-la com um igual a nós. Um trabalhador honesto – disse ela a chorar.

Dois dias depois, na calada da noite, com os alforjes cheios, dinheiro na bolsa, lança emprestada, espada, escudo e armadura brilhando, a dupla partiu: Dom Quixote montado em Rocinante e Sancho em seu burrico, no maior contentamento. Saíram pela porteira a caminho da terceira aventura. O destino? Toboso. O herói queria se declarar para sua amada e pedir sua bênção de proteção.

– Tudo por Dulcineia!

13

Dulcineia enfeitiçada

Dom Quixote e Sancho cavalgaram animados pela Estrada Real até a fome apertar. Apearam em um prado verde, perto de um riacho, e soltaram os animais. O herói estava ansioso por encontrar a amada, enquanto Sancho, preocupado, matutava: "E agora? Conto que não levei a carta para a senhorita Aldonça Lourenço?". Foi quando o nobre comentou:

– Quando chegarmos a Toboso, vamos direto ao castelo de Dulcineia para eu me declarar e pedir sua proteção.

O escudeiro não entendeu:

– O senhor quer dizer "à casa de Aldonça Lourenço", não é? É assim que a camponesa é conhecida na cidade.

– Não entendo o que diz, Sancho. Camponesa? Minha amada é uma formosa princesa! Não notou quando entregou a carta? Sua beleza não ofuscou seus olhos?

– Não. Acho que ela peneirava o trigo e, com a poeira, não consegui vê-la direito – enrolou.

– Peneirava trigo?! Creio que está com um parafuso a menos, meu amigo.

Sancho percebeu que Dom Quixote, de tanto imaginar a amada como uma princesa, esquecera que Dulcineia – na vida real – era Aldonça, formosa camponesa que vira algumas vezes na lavoura.

Voltaram para a estrada, e o escudeiro, confuso, pensou consigo mesmo: "Sancho, vamos em busca de quem em Toboso? Uma linda princesa chamada Dulcineia, que, na verdade, é uma camponesa chamada Aldonça Lourenço. E onde ela mora? Em um castelo, que, na verdade, é uma casa bem simples. E onde fica essa casinha? Não tenho a menor ideia! Será que estou maluco como meu patrão? É como o povo diz: dize-me com quem andas e te direi quem és...".

Já era noite alta quando entraram na cidade: não havia ninguém nas ruas, nem uma viva alma, silêncio total. De vez em quando se ouvia um zurro de burro, um latido ali, um galo cantando acolá. Todos dormiam.

– E agora, Sancho? Onde fica o castelo de Dulcineia?

– Não sei. Eu a vi no campo, lembra?

– Já sei... peneirando trigo – comentou o herói, rindo.

De repente, viram um lavrador levando seu arado para o campo a cantar. Dom Quixote perguntou:

– Meu bom homem, por acaso sabe onde mora a formosa princesa Dulcineia?

– Não existe nenhuma princesa aqui, meu senhor.

– É mais conhecida como Aldonça Lourenço – corrigiu Sancho.

– Ah, sim, a filha do seu Lourenço? Mora numa casinha no final da rua, depois da igreja. Bom dia! – disse e se foi a cantar.

– Muito obrigado! – agradeceu o escudeiro.

O coração do herói bateu mais forte:

– Vamos até lá, Sancho! Será que ela já despertou?

– Meu senhor, esperaremos o dia amanhecer. Sossegue esse seu coraçãozinho. Se chegarmos assim, de madrugada, batendo na porta, o que dirá o pai da moça? Vamos apear na igreja e esperar o sol raiar.

Dom Quixote, apesar de ansioso, concordou. Logo nos primeiros raios de sol, acordou o escudeiro e bateram na casa indicada. A bela camponesa abriu a porta, e o herói, atônito, aparvalhado, ajoelhou-se a seus pés.

– Bom dia. O que querem? – perguntou a jovem.

O nobre emudeceu. Sancho cutucou o patrão, que desempacou e disse:

– Dulcineia! Sua beleza é igual a um raio de sol de uma manhã dourada. Seus olhos são como duas esmeraldas...

– Meu senhor, meu nome é Aldonça. Está enganado.

– Sou Dom Quixote de la Mancha, cavaleiro andante, e luto pela justiça em seu nome! Não passo um dia sem falar seu nome! É a senhora dos meus pensamentos e das minhas ações. Vim pedir humildemente sua bênção para continuar lutando pelos desvalidos!

A moça, irritada, disse:

– Meu nome é Aldonça, meu senhor. Está zombando de mim? Já não tem idade para isso. Passe bem! – disse, já fechando a porta.

Mas Sancho interpelou pelo patrão:

– Senhorita, meu patrão é um homem bom e quer sua bênção para sua luta pela justiça.

– Justiça?! Essa é boa! Vão zombar da cara de outro!

E fechou a porta na cara da dupla.

– Dulcineia! Você é a princesa dos meus sonhos, é o ar que respiro! – ainda gritou o herói.

Dom Quixote, desolado, não sabia o que fazer. Sancho, arrependido, confessou o caso da carta:

– Meu senhor, a verdade é que perdi a carta... Não entreguei a carta para Dulcineia, ou Aldonça, nem sei...

– O problema não é esse, Sancho. Já sei o que aconteceu: Frestão esteve aqui e a enfeitiçou. Mudou minha aparência. Viu como Dulcineia me olhou com desprezo, como se eu fosse um velho? Também não acreditou na minha luta, na minha missão...

– Vamos, meu patrão – disse Sancho, ajudando-o a se levantar. E, tentando animá-lo: – Levante-se! Vamos às aventuras!

– Vamos! Não sossegarei enquanto não desencantar Dulcineia!

14

O cavaleiro dos leões

Dom Quixote e Sancho retomaram o caminho da Estrada Real em direção a Saragoça, onde, segundo o jovem Sansão, encontrariam aventuras. O herói, triste com o feitiço de sua amada, e o escudeiro, a sonhar com a ilha, cavalgavam tranquilos. Foi então que passou por eles um cavaleiro elegante, vestindo um capote verde e montado em uma égua tordilha, que os cumprimentou. Dom Quixote, educado, sugeriu:

– Boa tarde. Podemos cavalgar lado a lado, se quiser.

– Claro! Só receio agitar seu cavalo com minha égua.

– Rocinante é bem-comportado! – observou Sancho.

O cavaleiro de verde, então, afrouxou as rédeas e seguiu ao lado do fidalgo. O herói havia entendido que se travava de um cavaleiro distinto, pelas roupas e pelas botas bem lustradas. O cavaleiro de verde, por sua vez, não deixou de se espantar com os trajes estranhos, as armas e o rosto magro do nobre.

– Meu nome é Dom Quixote de la Mancha – disse ele, apresentando-se. – Sei que minha armadura chama a atenção. Larguei minha fazenda e o conforto do lar para retomar a cavalaria andante e defender os mais fracos, as viúvas e os órfãos.

– Muito prazer. Meu nome é Diogo de Miranda. Estou pasmo... Se não visse com meus próprios olhos, não acreditaria que ainda há gente que se dedique a socorrer viúvas e órfãos. Sendo franco, sempre considerei essas velhas histórias de cavalaria andante enganosas, falsas. Não acha que embromam os leitores?

– Na minha opinião, são verdadeiras – disse Dom Quixote, aborrecido. – Posso lhe provar que a cavalaria andante foi e ainda é possível. Ser solidário com os outros, ter empatia, pensar nos necessitados não são sentimentos antiquados, e muito menos falsos.

O fidalgo, então, passou a discorrer sobre os grandes cavaleiros e seus feitos; porém, de súbito, calou-se ao ver uma carroça se aproximando e gritou, empolgado, para o escudeiro:

– Veja, Sancho! Temos uma tremenda aventura pela frente!

O cavaleiro de verde, sem entender, comentou:

– É somente uma carroça com bandeiras reais. Devem levar dinheiro para Sua Majestade.

– Veremos! – disse, decidido.

Na carroça vinham o carroceiro e outro homem. O herói se aproximou:

– Quem são vocês? E o que levam na carroça?

– Estamos levando dois leões, presente do general Orã para Sua Majestade.

– E são bravos?

– São enormes e com certeza estão famintos, por isso temos pressa em continuar viagem.

– Pois não tenho medo. Pode soltar um leão! – disse Dom Quixote.

Sancho e o cavaleiro de verde, boquiabertos, pasmos com aquela ideia estapafúrdia, disseram:

– Meu senhor, isso não tem sentido!

– Coragem é muito diferente de loucura! Por favor, já me convenceu que é valente.

Dom Quixote não deu trela e dirigiu-se ao condutor da carroça:

– Abra a jaula! Veremos quem é mais forte! – disse com a espada em punho.

O rapaz, com medo, perguntou se antes poderia levar suas mulas para algum lugar protegido, pois eram seu ganha-pão. O herói concordou. Sancho, desesperado, tentou convencê-lo a não fazer tamanha temeridade:

– Meu senhor, aqui não há feitiço nem encantamento, são leões de verdade. Isso não é aventura digna do senhor!

– Afaste-se, Sancho, e leve Rocinante daqui – disse ele, apeando. – Se algo me acontecer, você já sabe: conte tudo a Dulcineia.

Sancho, às lágrimas, e o cavaleiro de verde, atônito, esconderam-se com o carroceiro em um monte próximo dali. O outro homem que vinha na carroça era o domador, que ficou para abrir a jaula. Dom Quixote, de lança e escudo, gritou:

– Pode abrir! Se Hércules matou o leão de Nemeia, eu também posso.

O leão, ao ver a jaula aberta, deu uma boa espreguiçada, abriu a bocarra e bocejou com a enorme língua para fora. Depois, muito calmo, saiu da jaula, olhou para um lado e para o outro, sem nem dar bola para o herói. Depois, deu meia-volta, entrou na jaula de novo e deitou-se.

– O senhor poderia dar uma cutucada nele? – pediu Dom Quixote, decepcionado.

– Não, meu senhor, ou ele come a mim. Parabéns! O cavaleiro já provou que é muito corajoso! Não há dúvida! – E tratou de fechar a jaula.

O nobre se deu por satisfeito e acenou para os outros com um lenço branco na ponta da lança:

– Voltem!

Ao retornarem, ouviram o relato do domador:

– Seu patrão é o homem mais valente que já conheci. O leão nem se atreveu a lutar. Quando chegar ao palácio, contarei tudo ao rei.

Sancho, orgulhoso, observou:

– Diga a Sua Majestade que o valente se chama Dom Quixote de la Mancha, agora o Cavaleiro dos Leões e não mais o Cavaleiro da Triste Figura.

– Sancho, dê duas moedas para o carroceiro e o domador, pelo tempo que perderam.

Sancho deu as moedas, e os dois beijaram a mão do herói. O cavaleiro de verde, ainda pasmo, não disse palavra. Dom Quixote, superior, montou em Rocinante e se foi pela Estrada Real, seguido pelo escudeiro.

Cavalgaram algumas léguas, quando cruzaram com um homem puxando um burro carregado de lanças, espadas e vários tipos de armas. O nobre, curioso, perguntou para onde ia com aquele arsenal.

– Tenho pressa! Teremos guerra por aqui. À noitinha, posso contar a história para os senhores na próxima estalagem. Estarei lá, e vocês cairão para trás!

E, de fato, mais tarde encontraram o homem, curiosos para ouvir a narrativa.

– Perto daqui, em uma aldeia, o prefeito perdeu um burro por descuido do empregado. Procurou, procurou e nada de encontrá-lo. Passou-se uma semana, e um amigo o avisou: "Encontrei seu burro no monte perto do rio, mas tão apavorado estava que fugiu. Vamos até lá!". Dito e feito: os dois foram juntos, porém nada de encontrar o burrico. O amigo, então, deu uma ideia: "E se cada um fosse para um lado e zurrasse que nem burro? Aposto que seu burrico responderá com outro zurro". O prefeito achou o plano muito bom, e cada um foi para um lado. Quando o prefeito zurrou e, em seguida, ouviu um zurro, acreditou que era mesmo seu burrico perdido. Por sua vez, o amigo também pensou a mesma coisa. Os dois, então, seguiram o som e se reencontraram: "É você?! Estou estarrecido! Você zurra igual ao meu burro!", disse o prefeito. E o outro: "Mas você também não fica atrás! Seu zurro é forte, compassado! Acho que me superou". Depois da troca de elogios, zurraram juntos e mais tarde, porém, infelizmente encontraram o pobre burro já morto. Retornaram para a aldeia, tristes e roucos. No dia seguinte, contaram o caso aos vizinhos e amigos, sempre um elogiando a competência de zurrar do outro: "Ele é o melhor!"; "Não, o prefeito é o campeão!". Mas o fato é que, como diz o povo, o diabo não dorme e fez das suas: a história chegou à aldeia vizinha como piada, anedota, e provocou muita risada. Daí começou a zombaria: quando um cidadão da segunda aldeia encontrava outro da primeira, zurrava e ria sem parar. A chacota foi tão grande, tomou tal proporção, que, imaginem os senhores, entraram em guerra. As armas que eu levava esta manhã eram para eles. Essa é a história.

Dom Quixote e Sancho, admirados por uma razão tão tola provocar uma guerra, agradeceram a atenção do homem e se recolheram. No dia seguinte, bem cedo, voltaram para a Estrada Real, e quis o destino que passassem exatamente pela aldeia dos zurros. Estavam prontos para a guerra: havia umas cem pessoas armadas, e uma segurava uma bandeira com o desenho de um burro a zurrar, na qual se lia: "Os zurros não foram em vão!". O fidalgo, percebendo que, como sempre, chamava a atenção, dirigiu-se para o meio do povo e pediu para dizer algumas palavras. E todos o ouviram:

– Irmãos, meu nome é Dom Quixote de la Mancha, e uma coisa que entendo é de guerra, pois minha sina é defender os mais fracos, os injustiçados. Ontem soube da humilhação pela qual a aldeia vizinha os fez passar, e pensei bastante sobre a questão. Acreditem em mim, há somente duas razões para iniciar uma guerra: a primeira é em defesa da vida, e a segunda, em defesa da pátria, mas nunca, jamais por uma razão tão pequena. Se todos pegassem em armas por uma piada maldosa, onde iríamos parar? Sejam razoáveis e superiores. Em nome de Deus, desistam da guerra.

Os aldeões se entreolharam, percebendo que as palavras do herói eram sensatas, ajuizadas, e quase largaram as armas em um canto, quando Sancho resolveu falar também:

– Meu senhor é o Cavaleiro dos Leões. Homem inteligente, sabe ler e escrever. Ouçam o que ele diz. Não vale a pena uma guerra por uma bobagem dessas. Guerra por causa dos zurros? Eles que zurrem à vontade. Aliás, eu, quando rapaz, também zurrava muito bem. Querem ouvir?

E o escudeiro, sem cuidado, zurrou forte, mas tão forte que ecoou pelo vale inteiro. Um dos aldeões, entendendo aquilo como provocação, jogou uma pedra em cima dele. Dom Quixote tentou protegê-lo, mas todos seguiram no ataque:

– Taquem pedra nele! Está zombando do nosso prefeito!

– Sebo nas canelas, Sancho! Hora de bater em retirada! – gritou Dom Quixote.

A dupla apertou as esporas e saiu chispando. As pedradas eram tantas que até o burro do escudeiro, sempre lento, acelerou. Quando finalmente conseguiram se distanciar, o nobre disse, balançando a cabeça:

– Zurrou em má hora, Sancho! Não se fala em forca em casa de enforcado...

– Estou moído! Quero minha ilha... – resmungou o escudeiro.

Depois de algumas léguas, encontraram um bosque e apearam para comer. Entre um gole de vinho e outro, riram muito do acontecido. No final, cada um se deitou ao pé de uma árvore, e dormiram o sono dos justos. Quando o dia raiou, seguiram viagem pela Estrada Real.

Aviso aos navegantes: no capítulo seguinte, o barco pode virar!

15

O barco encantado

Depois de dois dias de viagem, chegaram ao famoso rio Ebro – um dos maiores da Espanha. Que delícia cavalgar pelas suas margens vendo a água sossegada seguir seu fluxo! Tudo ia bem, até que se depararam com um barco, sem remos, amarrado a um tronco. Dom Quixote, sem demora, apeou e mandou Sancho fazer a mesma coisa.

– Mas por que parar aqui? – perguntou o escudeiro.

– Nos livros de cavalaria, quando há um barco vazio como este, é um chamado, um aviso de que outro cavaleiro está em perigo. Algum bom feiticeiro o pôs aqui para irmos em seu socorro. Vamos! Amarre os animais.

– Mas isso me parece ser a maior tolice, meu patrão. É só um barco de pescadores...

– Sancho, nada de me contradizer. Você não entende nada de aventuras!

– O senhor é quem manda... – disse Sancho, amarrando os animais.

Entraram no barco e seguiram o curso do rio. O escudeiro, percebendo que a correnteza os levava ligeiro, sentiu medo. Ao ver seu burrico zurrar e Rocinante tentar se desamarrar, lamentou-se:

– Já voltamos, amigos! Acalmem-se! Fiquem tranquilos! – disse, chorando.

– Pare com isso, Sancho! Estamos bem perto da margem.

Nisso apareceram moinhos movidos a água, e o herói, eufórico, gritou:

– Veja, Sancho! Castelos! Nosso cavaleiro está lá prisioneiro.

– Mas são moinhos movidos a água, meu senhor!

– Frestão os transformou em moinhos, mas são castelos! Nunca vai entender? Os feiticeiros mudam tudo, transformam tudo, como fizeram comigo aos olhos de Dulcineia.

Nisso, os moleiros – trabalhadores dos moinhos –, sujos de farinha, perceberam que o barco ia em direção às rodas da engrenagem e gritaram:

– Cuidado! Cuidado com as rodas!

Dom Quixote, como sempre, viu outra coisa:

– Não lhe disse? Veja os fantasmas ali pulando.

– Meu senhor, são os moleiros. Só querem ajudar! Estamos indo na direção das rodas! Vamos bater!

Os homens, ágeis, empurraram o barco com varas, para evitar o desastre. Mas o nobre os tratava como inimigos e se levantou com a espada em punho:

– Não tenho medo de vocês! Tenho a missão de resgatar o cavaleiro prisioneiro!

A confusão foi tão grande que o barco, com tanto balanço, virou.

– Socorro! Eu não sei nadar! – gritou Sancho.

O herói nadava bem, mas o peso da armadura o levou ao fundo, e ele também precisou de socorro. Salvos pelos rapazes, viram o barco ser despedaçado. Já na margem, Sancho, ajoelhado, agradeceu aos céus e aos moleiros:

– Obrigado! Vocês salvaram nossa vida!

– Mas que diacho faziam?

Nesse momento, os donos do barco apareceram:

– Queremos ser ressarcidos!

– Pagarei, mas exijo que soltem o cavaleiro que está preso no castelo!

– De quem o senhor está falando? Só estamos nós aqui – disse um dos moleiros.

Dom Quixote se levantou, atrapalhado, e, sem paciência, desistiu da empreitada:

– Chega! Não aguento mais: um bom feiticeiro colocou um barco vazio, o outro me fez cair na água... Para mim já chega!

– E, dirigindo-se ao "castelo": – Outro cavaleiro virá salvá-lo! Fiz o que pude!

Todos riram dos malucos. Por sua vez, os pescadores cobraram a indenização:

– Sancho, dê a eles cinquenta moedas!

O escudeiro entregou o dinheiro com dó, como se saísse de seu próprio bolso:

– Só espero não encontrar outra barca vazia na margem do rio...

Vamos para o próximo capítulo e finalmente entrar em um castelo!

16

Um castelo de verdade

Aborrecidos com a infeliz aventura, Dom Quixote e Sancho encontraram seus animais no mesmo lugar, não menos amuados. Caminharam pelas margens do rio novamente sem encontrar nenhum barco vazio. Após um dia de cavalgada, ao saírem de uma mata densa, chegaram a um campo verde onde havia várias pessoas a cavalo. Ao se aproximarem, perceberam que eram caçadores. Entre eles, havia uma senhora bastante elegante. Dom Quixote pediu que o escudeiro fosse até lá.

– Sancho, aquela me parece uma grande dama. Vá até lá e diga que eu gostaria de lhe beijar a mão e de protegê-la. Mas, por favor, repare na maneira de falar! Nada de zurros! – recomendou o herói.

– Sim, senhor! Sei como me dirigir a uma dama!

Ao chegar diante da senhora, o escudeiro ajoelhou-se:

– Bom dia, gentil dama, sou escudeiro do grande e valente Dom Quixote de la Mancha, que está ali. Ele pede humildemente para beijar vossa mão e servi-la como cavaleiro andante.

– Pode levantar-se, escudeiro! – disse ela gentilmente. – E diga-me: seu senhor é o famoso cavaleiro do livro *O engenhoso fidalgo Dom Quixote de la Mancha*, que vive a sofrer pela amada Dulcineia de Toboso?

– Ele mesmo! – disse o escudeiro, surpresíssimo.

– E você é seu fiel escudeiro, Sancho Pança!

– Eu mesmo! – disse, apatetado.

– Que maravilha! Então, diga ao seu senhor que vocês são muito bem-vindos por mim e meu marido, o duque. É uma alegria recebê-los!

Sancho fez uma reverência e correu até o herói para lhe dizer as boas-novas. Enquanto isso, a dama contou a novidade ao duque – ambos haviam lido o livro e perceberam que se divertiriam bastante com o cavaleiro e seu escudeiro. Dom Quixote aproximou-se e, quando começou a se ajoelhar, o duque, apeando, o deteve:

– Não é preciso fazer isso. É uma honra recebê-lo! Dê-me cá um abraço.

– Obrigado! Estou a seu serviço e de sua formosa e encantadora senhora!

– Olha que Dulcineia ficará com ciúmes! – brincou o duque.

– Decerto que não – disse a dama. – É uma honra conhecê-lo, Dom Quixote.

E o herói beijou a mão da senhora:

– Obrigado, duquesa. Ponho-me a serviço da senhora. Meu braço forte está a serviço do senhor.

– Convido os senhores a passar uns dias em nosso castelo. Será uma alegria ter o Cavaleiro da Triste Figura em nossa casa – disse o duque, entusiasmado.

Sancho não se conteve e entrou na conversa:

– Agora Dom Quixote é o Cavaleiro dos Leões. Enfrentou um leão sem recuar.

O casal admirou-se:

– Não diga!

– Meu escudeiro fala demais... – disse o herói.

– Conte-nos tudo, Sancho – disse a dama. – Gosto de ouvi-lo. Vamos caminhando! Queremos saber de tudo. Venha, Sancho!

E o escudeiro, no maior contentamento, caminhou lado a lado com a duquesa. Porém, antes, o duque mandou um mensageiro ao castelo avisando quem vinha com eles e como teriam que tratar Dom Quixote. Quando entraram no pátio do castelo, foram recebidos por criados vestidos de cetim, que ajudaram o herói a apear. Em seguida, duas jovens damas o adornaram com um manto vermelho, e todos os empregados o reverenciaram e disseram em coro:

– Boas-vindas ao maior dos cavaleiros andantes, Dom Quixote!

O nobre pela primeira vez se sentiu um cavaleiro de verdade, como o dos livros. Pensou que se Dulcineia estivesse ali, veria que ele era realmente um herói. Sancho, admirado e orgulhoso do patrão, lembrou-se do seu burro lá fora sozinho e, avoado, aproximou-se de uma senhora:

– Perdão, qual é mesmo seu nome, senhora?

– Sou Dona Rodrigues. Em que posso ajudá-lo, amigo?

– Meu burrico está lá fora sozinho, a senhora poderia levá-lo ao estábulo?

A dama, possessa, respondeu:

– Isso é brincadeira que se faça!? Francamente!

A duquesa logo colocou panos quentes:

– Calma, Dona Rodrigues, Sancho não quis ofendê-la...

O burburinho chegou aos ouvidos do herói, que, mesmo enfurecido, conteve-se. Porém, após a cerimônia, Dom Quixote e Sancho, sempre seguidos dos criados, foram para um quarto enorme. Quando ficaram a sós, o herói cuspiu fogo:

– Sancho, onde você estava com a cabeça? Pedir a uma dama que cuide do seu burro?! Não posso acreditar que tenha feito tamanha grosseria. Pense bem antes de abrir a boca. Ou melhor, mantenha-a fechada!

– Perdão, meu senhor. Fiquei tão preocupado com meu burro, tão tímido... Mas juro que não abrirei mais a boca. Juro!

Depois das broncas, perceberam que em cima da cama havia novas roupas para eles:

– Veja, Sancho, como são amáveis!

O herói tirou a armadura e se vestiu para o jantar. Sancho também recebeu uma camisa verde de cetim. Foram para um salão onde havia um banquete de boas-vindas.

– Meu Deus! Nunca vi tanta comida! Que fartura! – disse o escudeiro, admirado.

– Olhe os modos, Sancho.

O duque e sua esposa os receberam na porta, e o escudeiro ficou ao lado da duquesa na mesa. O duque insistiu para que o herói se sentasse à cabeceira:

– Por favor!

– Não, não posso – recusou o herói.

– Mas eu faço questão! – insistiu o duque.

– Sendo assim...

Finalmente sentaram-se, e Sancho, esquecendo-se totalmente da promessa de ficar calado, comentou tranquilo, como se estivesse em sua própria casa:

– Essa história da cabeceira me fez lembrar um caso que ouvi na minha aldeia.

O fidalgo, sem acreditar, quase pulou da cadeira:

– Sancho amigo, veja o que vai contar... Nada de asneiras – advertiu.

– Deixe-o falar, Dom Quixote. Sancho é tão divertido! – pediu a duquesa.

O escudeiro, empolgado, contou o caso:

– Um fazendeiro rico e importante convidou um lavrador muito honrado para jantar em sua casa. O nobre era da família Álamos de Medina del Campo, muito abastada, casado com a filha de Dom Alonso de Maranhão. Dom Quixote, certamente os conhece...

– Sancho, não se alongue com detalhes, senão só acabará amanhã... – pediu o herói.

– Pois bem, indo direto ao ponto: quando se sentaram à mesa, o fidalgo disse para o lavrador sentar à cabeceira, mas o pobre homem recusou. E foi tanta a insistência do patrão e tamanha a teimosia do lavrador, que afinal o fazendeiro empurrou o homem para a cadeira, dizendo: "Sente logo aí, pois onde quer que eu me sente será sempre a cabeceira!".

Dom Quixote, roxo de raiva, teve que se segurar para não enforcar Sancho. Todos notaram a gafe do escudeiro, menos o próprio, que ria e se servia. A duquesa, então, mudou o rumo da prosa:

– Dom Quixote, e Dulcineia? Conseguiu alguma notícia?

– Fomos até Toboso pedir sua bênção, mas, infelizmente, minha amada foi enfeitiçada por Frestão. Dulcineia não viu minha verdadeira aparência e também não acreditou no meu ideal de justiça.

– Vamos torcer para que o senhor consiga uma maneira de desencantá-la – disse a duquesa, contendo o riso.

– À saúde de Dulcineia! E que Dom Quixote a liberte do encantamento! – proclamou o duque.

– Saúde!

Mais tarde, os convidados, sempre disfarçando o riso, foram embora. O herói e o escudeiro, sem perceberem nada, foram dormir. Na manhã seguinte, o duque e sua esposa só pensavam em se divertir com a dupla. Com a ajuda de um mordomo ardiloso – que também lera a primeira parte do livro –, combinaram as mais incríveis encenações, farsas e zombarias para rir dos nossos ingênuos heróis.

No próximo capítulo, veremos o que acontecerá na caçada no bosque!

17
Medo no bosque

Dias depois, convidaram Dom Quixote e Sancho para uma caçada digna de reis: todos os participantes com roupas de caça impecáveis, montados a cavalo, seguidos de cães galgos, ao som de cornetas. O herói não tirou sua armadura, por estar sempre de prontidão, enquanto Sancho usava sua roupa nova. Ao chegarem ao bosque, dividiram-se em grupos. O duque, a duquesa, Dom Quixote e o escudeiro ficaram juntos. Os três primeiros desmontaram; Sancho, temeroso, ficou no seu amado burrico. Soltaram os cães, cornetas tocaram, ouviram-se gritos, e um corre-corre se iniciou. O duque, sua esposa e o herói, armados de lança, postaram-se à espreita de algum grande animal. De repente, viram um enorme javali correndo, acuado pelos cães, na direção deles. Sancho, apavorado, correu, subiu em uma árvore e se pendurou em um galho. Para infelicidade do escudeiro, o galho quebrou, mas, na hora da queda, foi salvo por um "gancho" da árvore e gritou, desesperado:

– Socorro! Acudam! Dom Quixote! O javali vai me pegar!

O pobre javali já tinha sido capturado, e a risada foi geral. O herói o retirou da árvore.

– Que escândalo, Sancho!

– Obrigado, meu senhor. Não entendo por que os nobres gostam de um esporte tão violento. Sou contra. O bicho não fez nada...

– É uma maneira de aprender a lidar com o perigo, a emoção da guerra, Sancho. Quando governar sua ilha, também o fará – disse o duque.

– Eu? Nunca! Já pensou? O povo sem ter o que comer, e eu dando tiro por aí... Isso sim, seria vergonha maior!

Depois de mais caçadas, montaram uma grande tenda, e um farto almoço foi servido. E qual o prato principal? O pobre javali, para o qual o escudeiro não quis nem olhar. Quando a noite caiu, as tochas foram acesas. Todos se preparavam para levantar acampamento quando, subitamente, ouviram-se cornetas, rufar de tambores, trombetas e clarins. Era uma música de guerra, ensurdecedora. Um clima sombrio e pesado assustou a todos, mesmo os que sabiam tratar-se de uma encenação. Sancho, tremendo, não se afastou de Dom Quixote. Foi quando apareceu um mensageiro vestido de diabo, dançando e tocando uma corneta, e se aproximou do duque:

– Trago uma mensagem para Dom Quixote, o Cavaleiro dos Leões. Ele está aqui? – perguntou, com uma voz medonha.

– Se fosse mesmo o diabo, já saberia quem ele é – disse o duque.

– Ih, é mesmo! Deus do céu! Que cabeça a minha!

Sancho cochichou para o herói:

– Meu senhor, que estranho um diabo falar "Deus do céu". Aí tem coisa!

O mensageiro diabólico se postou na frente de Dom Quixote:

– Cavaleiro dos Leões, venho em nome de Frestão. Ele lhe dirá o que tem que fazer para desencantar Dulcineia. Esse é o recado, e o recado está dado!

E foi-se embora tocando sua corneta. Mais uma vez soaram os tambores e cornetas, em clima de guerra. Também se ouviram disparos e bombas. Sancho não sabia o que fazer de tanto medo e resolveu desmaiar. A duquesa e as damas jogaram água em seu rosto:

– Sancho, acorde!

O duque, provocador, perguntou:

– Quer esperar por Frestão, Dom Quixote?

– É claro! Não tenho medo dele. Tudo por Dulcineia!

Foi então que a música de guerra cessou e iniciou-se uma música suave e delicada, tão agradável que o escudeiro recobrou os sentidos.

– Pelo jeito, o pior já passou.

– Veremos – disse o herói.

Viram então aproximar-se uma grande carroça puxada por seis mulas cobertas de linho branco. Em cada um dos animais vinha montado um penitente vestido de branco, com uma vela na mão. No carro, havia mais penitentes de branco com velas. Todos olhavam, admirados e assustados. No centro do carro havia uma figura com um véu negro e vestes largas e brancas. Quando a carroça parou em frente ao duque, à duquesa e à dupla, a figura se levantou e tirou o véu: era Merlim – o mago dos tempos do rei Artur, dos cavaleiros da Távola Redonda. Tinha cabelo branco e uma barba branca comprida que ia até o chão. Estava pálido, saído do além:

– Sou Merlim, o mago dos magos, e vim para lhe revelar, Dom Quixote, glória da Espanha, como proceder para desencantar a formosa Dulcineia da cegueira que Frestão lhe impôs. Depois de ler cem mil livros, encontrei o remédio: seu escudeiro e fiel amigo, Sancho Pança, terá de aplicar três mil açoites em si próprio. E assim o feitiço será desfeito.

Sancho, enfurecido, voou para cima do mago, quase lhe arrancando as barbas falsas, mas foi impedido por Dom Quixote e o duque.

– Eu?! Nem pensar! O que eu tenho com isso? Ele é que é o cavaleiro andante e eu é que apanho?! – gritou o escudeiro.

– Pense bem, Sancho, isso libertará minha amada! Bom amigo, faça isso por mim – pediu o herói.

– Seu patrão precisa de sua ajuda mais do que nunca – disse a duquesa.

– Mas por que eu?!

Merlim prosseguiu:

– Só dessa maneira Dulcineia verá que Dom Quixote é um forte e corajoso cavaleiro e também valorizará sua luta por justiça.

– Mas isso não é justo!

– Às vezes temos que nos sacrificar. Um bom governador faria isso – observou o duque.

O escudeiro refletiu um pouco e perguntou:

– Não entendi uma coisa: antes o diabo mensageiro disse ao meu senhor que Frestão viria aqui, mas, até agora, nada do feiticeiro...

– O mensageiro mentiu. Pedi que me anunciasse e, mentiroso, quis assustar Dom Quixote. E então, Sancho Pança, desencantará Dulcineia?

O escudeiro, malandro, quis negociar as condições do flagelo:

– Posso me chicotear a prestação? Quer dizer, uma ou duas vezes a cada dia? Sem ninguém ver?

– Pode. Mas Dulcineia só se livrará do feitiço ao final do castigo – disse o mago.

– Então aceito!

Todos deram vivas e bateram palmas. Os anfitriões e os convidados foram para casa, rindo dos dois, que por um fio de barba não descobriram toda a farsa.

18
Clavilenho: um cavalo voador

No dia seguinte, à tarde, após o almoço, estavam todos no jardim: os anfitriões divertindo-se com as histórias de Sancho, as damas da duquesa costurando, e o herói lendo em uma cadeira. De repente, ouviram-se tambores e o som de flauta de uma melodia triste, anunciando a chegada de alguém. A música era compassada, lenta como um enterro. O herói levantou-se, assustado, Sancho se escondeu atrás da duquesa, e o duque fingiu surpresa. Dali a pouco, entraram no jardim três homens de roupas pretas e compridas, tocando os instrumentos. Em seguida, entrou um homem alto, coberto por um véu preto, deixando entrever uma longa barba branca. Andava ao ritmo dos tambores e, ao chegar próximo do duque e da duquesa, ajoelhou-se aos seus pés.

– Pode se levantar e tirar o véu – disse o duque.

O homem ergueu o véu e ostentou a maior barba branca vista naquele castelo até então.

– Senhores, sou Barba Branca, escudeiro da Condessa das Três Pontas, hoje conhecida como Dama Dolorida. Venho confirmar se o incomparável cavaleiro Dom Quixote se encontra aqui em seu castelo. Viemos de terras distantes pedir socorro ao valente cavaleiro. A condessa gostaria de lhe narrar sua triste história.

E o duque respondeu:

– Sim, o grande herói está aqui. Tenho certeza de que a receberá.

– Estou aqui para isso – disse o herói, animado.

– A condessa tem permissão para entrar – afirmou o duque.

Barba Branca retirou-se com a mesma música triste e compassada. Dali a pouco, ao som dos tambores, entraram doze damas, divididas em duas fileiras, vestidas de branco e com o rosto escondido por véus negros. Em seguida, sob os olhares admirados de todos, finalmente entrou a Condessa das Três Pontas, acompanhada por Barba Branca. A Dama Dolorida trajava um longo vestido negro, com uma vistosa cauda de três pontas, erguidas por três criados. Caminhavam lentamente, ao ritmo dos tambores. A dama, encobrindo o rosto com um véu escuro, passou pela ala das senhoras e aproximou-se dos anfitriões e de Dom Quixote:

– Duque, duquesa, obrigadíssimo – interrompeu-se –, quer dizer, obrigadíssima por me receberem em vosso castelo – disse, com voz rouca.

E dirigindo-se a Dom Quixote e Sancho:

– Digníssimo e valorosíssimo Dom Quixote de la Manchíssima. Que alegria ao vê-lo! – disse, ajoelhando-se.

– Levante-se, por favor! Conte-nos seu infortúnio; sou todo ouvidos.

– Muito agradecida! É uma alegria ver também seu fidelíssimo escudeiríssimo, Sancho Pança.

– Obrigadíssimo. Espero muitíssimo que meu senhor possa ajudá-la – respondeu Sancho.

E a condessa contou sua desdita:

– Sou do reino de Candaia, da região da Taprobana, a milhas de distância daqui. A rainha Magúncia, viúva do rei Arquipela, reinava na mais perfeita paz. Eles tiveram uma filha, Antonomásia, linda e carinhosa menina. Eu cuidava de sua educação, por ser a mais velha do reino. Quando completou quinze anos, Antonomásia era uma jovem belíssima e discretíssima. A princesa era disputada por vários príncipes, reis, duques; porém, apaixonou-se justamente por um cavaleiro andante, Dom Clavijo. O rapaz, educado e inteligente, era ainda músico e poeta. Porém, não era de família nobre. Proibi o namoro, e a princesa, tristíssima, emagreceu a olhos vistos. Não sabia o que fazer e consenti no namoro. Mais tarde, casaram-se em segredo. Quando contei à rainha, ela ficou tão chocada que... – disse, às lágrimas – foi enterrada três dias depois.

– Espero que tenha morrido antes! – comentou Sancho.

– Claro! Ninguém enterraria uma pessoa viva, ora essa! – disse Barba Branca, irritado.

– Na minha aldeia, seu Barba – continuou Sancho –, já aconteceu um caso assim: a pessoa desmaiou, e acreditaram que tinha morrido. A vossa rainha poderia muito bem ter desmaiado; afinal, não é um problema tão grave casar-se com um cavaleiro. A princesa não cometeu nenhuma loucura. Meu senhor já me disse que um bom cavaleiro, corajoso, pode se tornar um nobre.

– Isso é verdade. Um cavaleiro valente e leal ao rei, depois de muitas aventuras, pode, sim, fazer parte da corte. Mas deixemos a condessa continuar – disse Dom Quixote.

– Obrigadíssima. Onde eu estava mesmo? Ah, sim. Depois de termos enterrado a rainha... morta, e não desmaiada... ficamos todos desconsolados, arrasados. Porém, no enterro, de súbito apareceu o gigante Malambruno, primo-irmão da rainha, que também é feiticeiro. Enfurecido, transformou a princesa em uma estátua de jardim, e o jovem Dom Clavijo em um crocodilo de bronze. E depois virou-se para mim e para todas as damas, ergueu o braço e fez isso... Vejam com seus próprios olhos – disse, tirando o véu.

As doze damas seguiram a condessa, levantando os véus e revelando imensas barbas: pretas, brancas, vermelhas, louras. Dom Quixote e Sancho estavam espantadíssimos.

– Nunca vi uma coisa dessas em toda a minha vida! – disse Sancho.

– E o que podemos fazer?! Onde está o gigante Malambruno?

A Condessa das Três Pontas continuou:

– Depois do feitiço, ele disse alto e bom som: "Os príncipes e vocês só voltarão ao normal se o Cavaleiro de La Mancha duelar comigo". Disse ainda que mandaria Clavilenho, um cavalo de madeira, para levá-lo ao local do duelo.

– Um cavalo de madeira?! Como o cavalo de Troia?

– Não, longe disso. É um cavalo que voa pelo céu como um raio e o levará rapidamente ao encontro do gigante.

– Que venha, Clavilenho! – disse o herói, destemido.

– Mas há ainda uma condição... – disse a condessa, fazendo suspense. – Sancho terá que ir também!

O escudeiro pulou do lugar, surpreso:

– Eu?! Mas sou um simples escudeiro. Não sou cavaleiro andante. Nos livros, os escudeiros nem falam. Podem colocar as barbas de molho, pois eu não vou.

A condessa barbada insistiu:

– Malambruno foi bem claro: Sancho Pança terá que ir na garupa, senão viveremos assim barbadas para todo o sempre, e Suas Altezas estátuas continuarão – disse, chorando.

– Montar em um cavalo que voa, que nem Deus sabe como? Nem pensar! E, afinal, por que vocês não raspam a barba?

– Sancho, coragem – disse Dom Quixote. – Acabemos com a tortura dessas damas e com a maldição dos príncipes!

– Coragem, Sancho. Um governador não pode se acovardar – disse o duque.

E foram tantos os pedidos e súplicas das doze damas barbadas, da condessa e do Barba Branca, que Sancho acabou aceitando.

– Está bem, eu vou! Que venha, Clavilenho!

Todos gritaram vivas e abraçaram o escudeiro. Passado algum tempo, entrou o cavalo de madeira, empurrado por quatro criados. Sancho, desconfiado, perguntou:

– Meu senhor, aí tem coisa! Se ele voa, por que vem puxado por criados?

A condessa respondeu:

– Somente Dom Quixote tem autorização de girar a chave do pescoço de Clavilenho. Depois de girá-la, o cavalo voará direto ao céu.

Barba Branca tirou dois lenços do bolso:

– E para não se sentirem tontos no espaço, o que ocorre com qualquer um... mesmo o mais valente... é preciso vendar os olhos antes de montarem. E só poderão tirá-las quando o cavalo relinchar.

O duque e a duquesa amarraram os lenços em Dom Quixote e Sancho, que, logo depois, montaram no estranho cavalo.

– Rezem por nós! – disse Sancho, tremendo.

– Rezaremos, corajosíssimos cavaleiro e escudeiro! – disse a condessa.

– Boa sorte, valentes heróis! – gritaram todos.

Mal Dom Quixote girou a chave, todos os que estavam em terra, gritaram:

– Adeus, adeus! Boa viagem!

– Olhem, já estão nos ares!

– Vejam! Lá vão eles pelas nuvens!

Sancho, agarrado a Dom Quixote, perguntou:

– Meu senhor, se estamos tão alto, como os ouvimos como se estivessem aqui do lado?

– Este é um cavalo encantado, então tudo é possível, tudo é magia. Mas, Sancho, pare de me apertar, Clavilenho cavalga tão calmo que parece que estamos parados no mesmo lugar.

– É verdade, nem sentimos vento no rosto...

Para a farsa ser perfeita, trouxeram grande foles, e os criados os manejaram e sopraram em cima dos dois.

– Sente o vento forte agora, Sancho?

– Ah, agora sim!

Todos riam baixinho, divertindo-se com a ingenuidade dos dois.

– Daqui a pouco, chegaremos à segunda região do ar – disse o herói –, onde as pedras de granizo se formam. Depois será a região do fogo, perto do Sol. Lá teremos que ter cuidado para o calor não estragar tudo, como foi o caso de Ícaro.

Os criados acenderam estopas em caniços e os aproximaram do rosto dos heróis.

– Já sinto calor! Tirarei a venda para ver onde estamos.

– Não faça isso, Sancho! Não podemos tirar a venda!

Antes que Sancho estragasse a brincadeira do duque e da duquesa, um dos criados acendeu os fogos de artifício colocados no rabo do cavalo, que explodiu em um estrondo enorme. Com a explosão, o escudeiro e o herói caíram no meio do jardim, meio chamuscados. Aos poucos, foram se levantando e viram os anfitriões e as damas da duquesa estirados, como se tivessem desmaiados. A Condessa das Três Pontas, Barba Branca e as doze damas não estavam mais lá. De repente, o herói viu uma lança fincada na grama com um pergaminho:

O notável cavaleiro Dom Quixote e seu fiel escudeiro Sancho Pança conseguiram vencer o mal somente por enfrentá-lo. Malambruno está satisfeito. As barbas da condessa e das damas desapareceram, e Antonomásia e Dom Clavijo já reinam em Candaia. Quando Sancho Pança cumprir sua missão, Dulcineia será desencantada. Assim ordena Merlim, o mago dos magos.

– Sancho! Conseguimos! O feitiço de Malambruno acabou!
– Jura? Mas não fizemos nada...
O herói e o escudeiro acudiram os anfitriões e as damas, ajudando-os a levantar.
– Duque, conseguimos! A maldição foi desfeita – disse-lhe, mostrando o pergaminho.
O duque e a duquesa, aos poucos, levantaram-se, fingindo surpresa e espanto. O duque leu o pergaminho e abraçou o herói:
– Parabéns, Dom Quixote! Parabéns, Sancho! Vocês conseguiram!
– Mas onde está a condessa? – perguntou Sancho. – Queria vê-la sem barba...
– Partiram, já sem barba alguma, assim que Clavilenho pousou.
– E como foi a viagem, Sancho? – perguntou a duquesa.
– Foi boa. Na região perto do Sol, quis tirar a venda, contudo meu senhor não deixou. Mas sou curioso de nascença; afastei um tantinho o lenço e vi que a Terra é redonda feito um limão, e os homens são simples formiguinhas.
– Eu não vi nada nem tirei a venda. Sancho – perguntou o herói –, isso são mentiras ou andou sonhando?
– Ora, se voamos por encantamento pelo céu, por que eu não poderia ver a Terra e os homens da mesma maneira? Também vi

sete cabritas em uma nuvem e apeei, sem meu senhor notar, e fui brincar com elas.

– Eu disse que meu escudeiro fala demais...

E assim foi o restante do dia: Sancho contando histórias sem pé nem cabeça, e os anfitriões e as damas divertindo-se com elas.

Vamos para o próximo capítulo, onde o escudeiro finalmente ganhará sua "ilha"!

19

A ilha Barataria

O duque e a duquesa, empolgados, continuaram com as encenações, sempre com a ajuda do mordomo ardiloso. Dessa vez, arquitetaram um plano mais mirabolante ainda: dar a Sancho o governo de uma aldeia. Avisaram aos vassalos e criados como deveriam agir na grande farsa, e, no café da manhã, os nobres deram a notícia:

– Dom Quixote, pensamos durante toda a noite, refletimos muito e... daremos a Sancho o governo de uma ilha.

O escudeiro, surpreendido, engasgou-se com uma uva:

– O quê?!!! – gritou, passando a tossir sem parar.

– Calma, Sancho! Beba um copo de água... – socorreu o herói.

– Eu entendi bem?! – perguntou Sancho, atônito.

– Ontem, Sancho, você demonstrou grande coragem e valentia. E também foi solidário com a Condessa das Três Pontas. Por isso é merecedor, meu amigo. É claro, se Dom Quixote não se opuser.

– Claro que não! Estou muito feliz! Parabéns, Sancho. Um brinde ao governador!

– Nem sei o que dizer... Muito obrigado! – disse ele com os olhos marejados de lágrimas.

Mal o duque avisou que o escudeiro tomaria posse na manhã seguinte e já confeccionavam seus novos trajes de governador.

– Obrigado, mas serei sempre Sancho Pança, não importa a roupa.

Logo depois, o herói levou o escudeiro para uma conversa particular no quarto:

– Sancho, estou muito feliz por você! A sorte bateu na sua porta! A única pena é que eu, pelos seus fiéis serviços, não tenha lhe dado a ilha.

– Meu senhor, só recebo essa honra por ser seu escudeiro – disse Sancho, beijando as mãos do nobre.

– Não, Sancho. É mérito seu também. Mas, escute, posso lhe dar bons conselhos – disse, fazendo-o sentar-se ao seu lado. – Meu amigo, nunca esqueça sua origem humilde de camponês; não tenha vergonha, mas sim orgulho dela. Assim todos terão também. Dê mais atenção aos pobres que aos ricos. Trate todos bem, de maneira igual, dos criados aos nobres. E, Sancho, o conselho mais importante: seja justo.

Depois dos bons conselhos, o escudeiro quis se levantar para agradecer, mas Dom Quixote continuou:

– Agora os conselhos de higiene: tome banho todos os dias, corte as unhas uma vez por semana, ande bem-vestido... nem tão elegante, nem tão desleixado. Coma pouco de dia e ceie menos ainda: esse é o segredo da saúde. "Que o alimento seja seu remédio", já dizia Hipócrates. Beba pouco. Não se esqueça: Deus ajuda quem cedo madruga. E nada de preguiça!

Finalmente, o escudeiro se levantou e agradeceu:

– Obrigado, meu patrão! Tudo o que disse são os melhores conselhos que já ouvi, mas não sei se me lembrarei de todos: "Tomar banho, cortar as unhas"... O senhor poderia escrevê-los para mim?

– Isso é uma tarefa urgente, Sancho: aprender a ler e escrever, meu amigo. Mas, claro, escreverei os conselhos. Decerto terá um secretário de sua confiança para auxiliá-lo a segui-los.

No dia seguinte, depois do café, os anfitriões lhe apresentaram o mordomo que o acompanharia até a ilha. O escudeiro o cumprimentou e, no mesmo instante, reparou que ele tinha uma feição semelhante à da Condessa das Três Pontas. Logo cochichou ao ouvido de Dom Quixote:

– Meu senhor, macacos me mordam se o rosto do mordomo não é igual ao da Condessa das Três Pontas! E a voz também é a mesma!

O herói o olhou com atenção:

– É verdade, Sancho. Muito estranho. Isso só pode ser feitiçaria. Olho nele, meu amigo. E escreva-me sobre tudo o que descobrir. Ou melhor, peça a seu secretário que escreva.

Na hora da partida, o ex-escudeiro, elegante nas roupas novas, beijou a mão do duque e da duquesa e abraçou Dom Quixote:

– Obrigado por tudo, meu senhor! Adeus! – disse com lágrimas nos olhos.

– Adeus, meu amigo! Boa sorte na sua ilha! Mande notícias.

E a comitiva partiu, com Sancho montado em um belo cavalo, com sela e arreios de couro. Logo atrás vinha seu amado burrico. Cavalgaram algumas léguas até chegar a uma aldeia próxima dali, com cerca de mil habitantes – todos muitos inteirados da grande encenação. Chamava-se ilha Barataria, pelo barato que saía ao governo. Os sinos tocaram, e o povo o esperava para entregar-lhe a chave da cidade na Igreja da Matriz.

– Viva o novo governador!

– Viva!

Depois da cerimônia, foram para a sala de julgamento, repleta de gente, e o mordomo espertalhão disse:

– Senhor, na ilha temos uma tradição: na posse de cada governador, ele é levado para o tribunal para julgar um caso. Assim, o povo se alegrará ou se entristecerá com o novo alcaide.

O escudeiro, sem dar atenção ao que o mordomo dizia, tentava decifrar o que estava escrito na parede.

– O que está escrito ali? – perguntou baixinho.

– A data de sua posse e seu nome: Dom Sancho Pança.

– Pois, então, podem tirar o "Dom". Não sou "Dom". Meu pai e meu avô também não tinham "Dom" no nome. Sou só Sancho Pança.

– Sim, senhor.

– Agora podem fazer a pergunta.

O mordomo fez um sinal, e entraram dois anciões, um deles com um bastão e o outro sem nada nas mãos. O que não carregava nada disse:

– Senhor, emprestei dez moedas de ouro a esse homem, dizendo-lhe que só lhe cobraria quando precisasse. Quando pedi o dinheiro de volta, ele respondeu que nunca me pediu nada emprestado, ou, se o fez, já devolveu. Não tenho testemunha, mas, se ele jurar na frente do senhor que já me pagou, fico satisfeito.

– O que me diz o senhor? – perguntou Sancho ao velho do bastão.

E ele respondeu:

– Confesso que ele me emprestou, mas juro que já lhe paguei.

– Então, jure com a mão na cruz – disse Sancho, apontando-a na parede.

O devedor, fazendo-se de atrapalhado, entregou o bastão ao outro, colocou a mão na cruz e proferiu:

– Eu juro que já devolvi as moedas de ouro ao meu amigo.

Depois, pegou o bastão de volta. Sancho perguntou ao outro se estava satisfeito.

– Estou. Devo ter esquecido que ele me pagara. Ele é um bom homem.

E os anciões foram embora. O escudeiro, com a pulga atrás da orelha, mandou chamar os dois de novo:

– Senhor do bastão, pode emprestá-lo um instante?

– Claro! – disse ele, entregando-o.

Sancho, então, chamou o outro:

– Aqui estão suas moedas de ouro – disse, dando-lhe o bastão. – Pode quebrá-lo ao meio e verá que estão aí.

O velho, surpreso, fez o que Sancho mandou: partiu o bastão ao meio e, diante de todos, dez moedas de ouro caíram ao chão:

– Mas como descobriu?!

O ex-escudeiro explicou:

– O devedor passou o bastão para suas mãos na hora do juramento para não jurar em falso. O padre da minha aldeia me contou uma história parecida com essa. Então? Estou aprovado ou não?

– Viva o novo governador!

O mordomo mordeu os lábios de raiva ao ver que Sancho, com sua sabedoria de aldeão, se revelava um bom juiz. Depois do tribunal, o escudeiro foi levado para o palácio do governo. Tomou banho e desceu para jantar. Na sala, havia uma linda e comprida mesa. "Oba! Hora da boia!", pensou ele.

– Podem servir o jantar – disse ao mordomo, que não largava do seu pé.

Tocaram as cornetas, e alguns criados entraram como em um espetáculo: um arrumou uma linda toalha branca, outros puseram vários pratos e travessas na mesa. O escudeiro se sentou à cabeceira, e ao lado dele apareceu um senhor com uma varinha nas mãos. Um servente lhe ofereceu um prato de frutas, e o escudeiro pegou um lindo cacho de uvas. Porém, o senhor do lado bateu com a varinha no prato e retiraram as lindas frutas, sem mais nem menos. Ofereceram-lhe então uma travessa de coelho ensopado e ele aceitou, porém, antes da primeira garfada, a mesma coisa aconteceu – o senhor da varinha mandou retirá-la.

– Não entendo. Isso tudo é só para ver? – perguntou Sancho.

E, finalmente, o senhor da varinha se manifestou:

– Sou seu médico, senhor governador, e tenho ordens para cuidar de sua saúde. Estudei anos e anos e sei o que faz bem e o que não faz. Por isso, estarei aqui em todas as refeições cuidando de sua alimentação. Aquelas frutas estavam úmidas demais, e o coelho, peludo demais...

– Quer dizer então que não provarei aquele apetitoso prato de perdizes assadas?

– De maneira nenhuma! Estou aqui para protegê-lo de uma indigestão. O grande Hipócrates, pai e mãe da medicina, já dizia: "À noite, toda carne é indigesta, mas a de perdizes é a pior".

O mordomo, no canto, ria da expressão de infelicidade de Sancho:

– Senhor doutor, estou morto de fome. Ou o senhor me diz o que posso comer, ou minha vida, que tanto preza, estará por um fio.

O médico, então, mandou vir uma sopa muito rala, de aspecto horrível. Sancho se virou para ele e perguntou, irritado:

– Qual é seu nome?

– Pedro Agouro. Sou natural de Parafora e tenho grau de doutor pela Universidade de Osuna.

– Então, senhor Pedro do Mau Agouro, natural de Parafora, da Universidade de Osuna, ponha-se daqui para fora ou zunirei esta cadeira em que me sento na sua cabeça. Quero comida! Tenho fome!

O médico, vendo Sancho tão nervoso, retirou-se ligeiro. Entretanto, quando o escudeiro finalmente ia dar a primeira garfada nos assados de perdizes, ouviu-se uma nova cornetada.

– O que houve agora?! – perguntou Sancho, furioso.

E entrou o mensageiro:

– Carta do duque, urgente!

Sancho a entregou para o mordomo ler, que, fingindo gravidade, pediu que todos saíssem.

Sancho, chegou-me notícia terrível de que a ilha Barataria será – ou já foi – invadida por inimigos meus. Fique atento. Não coma nada sem saber a origem. Muita cautela!

seu amigo duque

Sancho, sobressaltado, mandou fechar todas as portas e, depois de pensar um pouco, disse que um dos suspeitos era o médico, pois queria matá-lo de fome.

– Mas, senhor – disse o mordomo –, creio que o médico lhe salvou a vida. E se algum manjar daqueles estivesse envenenado?

– É verdade... Então, veja-me um prato de frutas e um pão com queijo, pelo amor de Deus! Primeiro comer, depois pensar nos inimigos!

Se o primeiro dia de governo foi assim, imaginem os outros. O sonho do escudeiro de uma vida boa, com fartura e preguiça, foi se distanciando cada vez mais. Seus dias eram atribulados, com um sem-fim de julgamentos, relatórios e pareceres. O médico Pedro Agouro só lhe oferecia sopas, e o pobre vivia com fome. Porém, para a raiva do mordomo, Sancho governou muito bem: com sua sabedoria de aldeão, era justo e querido por todos. No sétimo dia, quando já se deitava, morto de fome, exausto de tanto trabalho, ouviu um barulho enorme de sinos badalando e gente gritando.

– Meus Deus! Será que a ilha está afundando? – disse, aflito.

Sentou-se na beira da cama e ouviu trombetas e tambores tocando. Espantado, levantou-se e, de camisolão, foi até o corredor, onde se deparou com uns vintes soldados armados, com tochas nas mãos, que, agilmente, entraram em seu quarto:

– Senhor governador! Fomos atacados! Vista-se! Arme-se, senhor!

– Eu? Mas não entendo nada de armas. Sou da paz! Isso é com Dom Quixote!

– Precisamos do seu braço forte, senhor! É hora de lutar! O povo precisa de um líder!

A gritaria lá fora, os tambores e as bombas continuavam.

– Então... Se não tem jeito... Armem-me! – disse, sem saber o que fazer.

Os falsos soldados, sem tirar o camisolão de Sancho, colocaram nele dois escudos: um na pança e outro nas costas, bem amarrados. Parecendo uma tartaruga, Sancho ficou com os braços presos, sem poder fazer qualquer movimento.

– Vamos, senhor!

– Mas como? Estou preso!

– Nada de preguiça, senhor! Ou seremos derrotados!

Sancho tentou dar um passo e logo foi ao chão. Todos riram. Os soldados, impiedosos, deixaram-no caído, passando por cima do pobre e gritando sem parar, em um corre-corre frenético:

– O inimigo vem com tudo! Fechem os portões! Será o fim da ilha Barataria!

O escudeiro, no chão, encolhido entre os escudos para não ser pisoteado, pensava: "Será que esse pesadelo acabará um dia? Como dizem, não há mal que sempre dure nem bem que nunca se acabe". De repente, como em um passe de mágica, todo barulho cessou e só se ouviam gritos de vitória:

– Vencemos, senhor! Vencemos!

– Viva o governador!

Levantaram Sancho, que tinha um ar grave, sentia falta de ar e suava bastante. Retiraram os escudos e o deitaram na cama:

– O que quer, governador? Como está se sentindo?

– Um copo de água, por favor.

Todos notaram que a farsa fora longe demais. Sancho, sentindo-se melhor, levantou-se e vestiu-se sem dizer uma única palavra. Foi até a cavalariça, seguido por todos. Chegando lá, abraçou seu burrico com emoção:

– Meu fiel amigo, que bom abraçá-lo! Como pude abandoná-lo? Mas, agora, vamos embora. Quem sabe Dom Quixote ainda me queira como escudeiro?

Todos, admirados, chamaram o mordomo e o médico Pedro Agouro, que vieram ligeiro. Sancho, montado, já ia pelo pátio do palácio.

– Aonde vai, senhor governador? Quer companhia?

– Peço demissão. Não sou mais governador. Não nasci para isso. Não sei guerrear. Prefiro ser camponês ou escudeiro de Dom Quixote.

– Mas o senhor não pode abandonar o governo assim. É preciso fazer um relatório detalhado, assinar documentos e contratos... – disse o mordomo, aflito.

– Meu relatório farei ao duque: governei até onde pude, entrei sem nada e saí sem coisa nenhuma. Quantos governadores podem dizer o mesmo? Deixem-me ir! Estou moído!

O médico Pedro Agouro ainda insistiu:

– Mas, senhor governador, seu café da manhã será delicioso, com ovos, salsichas, bolo, manteiga, queijo...

– Obrigado, mas agora é tarde. Quando um Pança decide uma coisa, não volta atrás. Meu pai era assim, e meu avô também.

Arrependidos, deixaram o escudeiro ir embora.

– Leve pelo menos pão com queijo para a viagem – disse o médico, pesaroso.

– Obrigado. Se puderem, aceito um pouco de cevada para meu burrico.

Os falsos soldados deram-lhe cevada, frutas e água. Depois, abraçaram-no por sua determinação e honestidade. O mordomo, furioso, não disse mais nada. Sancho foi embora com seu querido burrico, feliz da vida por não ser mais governador.

20

Fim da aventura no castelo

Quando os primeiros raios de sol surgiam, Sancho já cavalgava pela Estrada Real. O escudeiro só pensava em voltar para o castelo e encontrar Dom Quixote. Depois de algumas léguas, cruzou com um grupo a cavalo, que o cumprimentou. Porém, por uma grande coincidência, um deles conhecia Sancho:

– Mas se não é meu bom vizinho Sancho Pança! – disse, animado.

O escudeiro, sem reconhecê-lo, olhou-o com atenção, até que se recordou do amigo:

– Ricote! Dê cá um abraço!

Abraçaram-se, conversaram, e o amigo o convidou para almoçar. Saíram da estrada e sentaram-se no campo. O grupo trazia nos alforjes tudo do bom e do melhor: pães, azeitonas, queijos, nozes, frutas e vinho. Comeram com gosto, e Sancho tirou a barriga da miséria. Durante o almoço, Ricote contou suas andanças pelo mundo com seu bando e depois perguntou:

– E você? O que faz por essas bandas?

– Acabei de renunciar ao governo de uma ilha.

– Mas que ilha, Sancho? Aqui não há ilha nem mar.

Foi a primeira vez que o escudeiro percebeu que não vira mar, nem ponte, nem praia ao chegar à ilha.

– Bom, o nome é ilha Barataria. Governei durante uma semana, mas não aguentei o rojão. Ontem fomos invadidos, e não sei como ganhamos a guerra.

– Guerra?! Sancho amigo, será que bebeu demais? E quem o nomearia governador? Você é um camponês, um trabalhador da terra...

– Foi o que aprendi nessa semana: cada macaco no seu galho!

Todos riram, e, depois de muitos abraços, Sancho e o vizinho se despediram. O escudeiro voltou para a estrada; contudo, como já anoitecia, achou melhor procurar uma árvore para passarem a noite ao pé dela. Puxou o burrico pelo cabresto e se embrenhou em um bosque. Procura daqui, procura dali e quis o destino que Sancho e seu burrico caíssem em um buraco:

– Aaaahhhh!

Assustado, percebeu que nem ele nem o animal haviam se machucado. Tentou sair de lá, mas não havia jeito de subir: o buraco era fundo e escuro.

– Ai, meu Deus! Não acredito! Como isso foi acontecer?! Socorro! – gritou, mesmo sabendo que ninguém o ouviria.

Ao perceber o burrico calado e amedrontado, deu-lhe cevada:

– Calma, meu companheiro. Temos comida. De fome não morreremos. Se sairmos dessa, juro que lhe darei rações dobradas! Quem diria, hein? Um dia governador, no outro, no fundo do buraco... Vamos dormir, que amanhã será outro dia!

Ao ver os primeiros raios de sol, Sancho voltou a gritar por socorro:

– Socorro! Alguma alma caridosa aí em cima?!

Quis o destino novamente que, naquela manhã, Dom Quixote saísse para passear com Rocinante e ouvisse os gritos do escudeiro:

– Quem está aí embaixo?

– Sou o infeliz Sancho Pança, fui governador da ilha Barataria... por ambição... e escudeiro do valente Dom Quixote!

O herói reconheceu a voz de Sancho, mas, como não o via, acreditou que fosse a alma penada do escudeiro:

– Sancho! Sou eu, Dom Quixote! Está vivo ou morto?

– Meu senhor! Estou vivíssimo, graças a Deus! Renunciei ao governo da ilha e, no retorno ao castelo do duque, caí com meu burrico aqui...

O animal zurrou forte, como se confirmasse tudo o que o dono dizia.

– Sancho amigo, buscarei ajuda no castelo e retornarei em breve!

– Volte logo, por favor!

Não demorou muito e os criados chegaram com cordas e cavalos. Depois de muito engenho, tiraram os dois sãos e salvos. Chorando, o escudeiro agradeceu a todos e abraçou seu patrão. Ao chegarem ao castelo, Sancho foi se explicar ao duque e à duquesa, que ficaram surpresos com sua chegada.

– Meus senhores, governei a ilha durante sete dias e, nesse tempo, percebi que não nasci para tal coisa. Sou camponês, não entendo de armas. Trabalhei duro julgando, sentenciando, sempre com fome, pois o médico me impôs uma dieta de sopas. Ontem à noite, fomos atacados e, depois de muitas bombas, correria e desespero, vencemos. Não sei como, pois não desci do meu quarto. Percebi que não nasci para isso. Não sei guerrear. Mas uma coisa garanto: entrei sem moedas e saí sem moedas. No caminho de volta, a noite chegou escura e, de repente, caí em um buraco. Graças a Dom Quixote e seus criados, estou aqui e peço perdão por ter desistido.

Os anfitriões, incorrigíveis, divertiram-se com toda aquela história e, cínicos, abraçaram-no e disseram-lhe que não se preocupasse, que lhe arranjariam outra função na corte.

– Agora o melhor é descansar, Sancho. E você deve estar faminto, meu amigo – observou o duque.

– Providenciarei uma refeição para você – disse a duquesa.

Após o almoço, o escudeiro desmaiou. Só despertou no dia seguinte, com Dom Quixote vestindo a velha armadura.

– Sancho, é hora de partir – disse, decidido. – Já ficamos tempo demasiado no castelo. É hora de voltarmos às aventuras. Aqui somos tratados como reis, mas não há emoção. Sinto falta da surpresa, do desconhecido.

– Vamos, meu senhor, antes que o duque e a duquesa me arrumem outra ilha para governar – disse o escudeiro, levantando-se ligeiro.

Comunicaram a decisão aos anfitriões, que, desolados, insistiram para que ficassem.

– Mas já? Sentiremos muita falta de vocês... – comentou a duquesa.

– Não podem reconsiderar? – perguntou o duque.

– É hora de partir! Sinto que abandonei minha missão de defender os pobres e injustiçados. Obrigado por tudo, duque e duquesa. Não tenho palavras para agradecer a maravilhosa hospedagem.

Sancho preparou tudo para a partida: alforjes cheios, água, malas, selas, arreios e também uma bolsinha com duzentas moedas de ouro, presente dado pelos anfitriões:

– Para qualquer eventualidade, Sancho – disse a duquesa –, mas não diga nada a Dom Quixote.

– Boca de siri. Nada direi. Muito obrigado, duquesa! – disse Sancho, ajoelhando-se.

Todos se despediram com tristeza da dupla que os alegrara por tantas semanas:

– Adeus! Voltem sempre! Escrevam!

– Adeus! Muito obrigado! Mandem notícias!

E partiram, animados, pela Estrada Real, a caminho de Saragoça.

No próximo capítulo, nosso herói será desafiado para um duelo. Tudo por Dulcineia!

21

Dom Quixote e o Cavaleiro da Lua Branca

Cavalgaram algumas léguas, e Dom Quixote, feliz por voltar às aventuras, comentou com o escudeiro:

– Liberdade! Esse é um bem precioso, Sancho! Apesar de todas as regalias do castelo, sentia-me preso, acomodado.

– O senhor tem razão, mas não nego que gostei dos regalos dos anfitriões. Fora a parte da ilha, é claro, tudo foi muito bom!

Com essa conversa caminhavam, quando entraram em um inesperado bosque com frondosas árvores, flores e pássaros. De repente, o herói se viu preso entre fios verdes amarrados em árvores, como uma espécie de rede.

– Veja, Sancho! Frestão agiu de novo! Ele quer me prender, me enredar nessa floresta – gritou, tentando livrar-se dos fios.

– Calma, meu senhor!

De repente, do nada, surgiram duas belas meninas entre as árvores. Vestiam roupas simples de pastoras de antigamente, e nos longos cabelos traziam singelas coroas de flores. O herói e Sancho, admirados com a graça das duas e o inesperado encontro, perderam a fala. Uma das meninas, com um sorriso, disse:

– Bom dia, senhores. Desculpem-me pelas redes de fios; são para atrair os passarinhos. Somos de uma aldeia vizinha e viemos passar um dia aqui no campo, ao modo dos pastores da Grécia antiga.

E a outra prosseguiu:

– Aproveitamos o ar fresco e as flores e nos divertimos com música e poesia. Nossas tendas estão perto do rio. Nossos pais e irmãos gostarão da presença dos senhores.

Finalmente, o herói disse:

– Lindas pastoras, obrigado pelo convite. Eu, Dom Quixote de la Mancha, e meu escudeiro, Sancho Pança, aceitamos com muita alegria juntar-nos a essa arcádia pastoril.

As duas, admiradas, pularam de alegria.

– Não me diga que o senhor é o famoso cavaleiro do livro? O herói que luta pelos desvalidos? Apaixonado por Dulcineia? – indagou uma.

– E o senhor é o engraçado Sancho Pança! – concluiu a outra.

Os dois riram e confirmaram tudo. As duas, animadas, indicaram o caminho para a tenda:

– Venham, por aqui!

Entraram mais fundo pelo bosque e chegaram a uma tenda com mais de trinta pessoas vestidas de pastores gregos. Dom Quixote foi apresentado e muito bem acolhido, assim como Sancho. Ouviram poesias e músicas e almoçaram em um clima de comunhão. Tudo era como em um sonho. Era tanta delicadeza e encanto que nem parecia verdade. No final, Dom Quixote, emocionado, agradeceu:

– Obrigado, meninas, senhores. Sancho e eu agradecemos por esta tarde tão comovente e poética. A ideia de reviver os pastores do passado pelo bem comum vem ao encontro da minha pela justiça. Não esqueceremos esta tarde encantada nem a formosura das damas pastoras.

– Obrigada, Dom Quixote! Tudo por Dulcineia! – gritaram as meninas.

– Adeus!

O herói e o escudeiro, ainda sem acreditar naquela tarde pastoril, retornaram à Estrada Real.

– Vê, Sancho? Ainda há gente que acredita na comunhão, na vida simples, junto à natureza.

– Gente boa...

Ainda havia luz do dia, e eles caminharam mais algumas léguas. Cavalgavam tranquilos quando de repente viram, na direção oposta, um cavaleiro misterioso, armado como o nobre: lança, espada, capacete e um escudo com o desenho de uma lua branca resplandecente. De longe, o cavaleiro desconhecido gritou:

– Valoroso Dom Quixote de la Mancha, conheço sua bravura! Sou o Cavaleiro da Lua Branca, também famoso pelas façanhas em nome de minha amada.

– Desculpe-me, mas nunca ouvi falar no seu nome – disse o herói.

– Cavaleiro de la Mancha, desafio-o para um duelo. Mas, se preferir não sentir a força do meu braço, confesse agora que minha dama é mais formosa que sua Dulcineia de Toboso.

O herói, surpreso pela arrogância e pelo absurdo do motivo da luta, disse:

– Cavaleiro da Lua Branca, de quem nunca ouvi falar, nunca confessarei tal disparate! Creio que nunca viu Dulcineia. Minha dama é a mais bela e formosa de toda a Espanha!

– Então, eu o desafio! Se perder, terá de confessar, mas, se não o fizer, ordenarei que vá para casa, largue a vida de cavaleiro e as armas durante um ano. Não sairá para aventuras nesse período. E, se vencer, pode ficar com meu cavalo e minhas armas. Aceita?

– Aceito suas estranhas condições. E vamos logo, pois o sol já se despede – disse o herói, aprumando-se.

Sancho, atônito, tentou impedir:

– Meu senhor, esse duelo não tem sentido! Vamos embora! Ele é mais jovem, e seu cavalo é bem mais forte que Rocinante!

– Afaste-se, Sancho!

O escudeiro, resignado, afastou-se. Os cavaleiros tomaram posição, e os dois esporearam seus cavalos ao mesmo tempo.

– Tudo por Dulcineia! – gritou o herói.

O cavaleiro misterioso, ágil, avançou mais rápido e deu um encontrão no herói, que o levou ao chão com Rocinante. Desmontou ligeiro e, com a espada em punho, disse:

– Confessa que minha dama é a mais formosa?

– Isso jamais direi. Dulcineia é a mulher mais bela de todo o mundo, e eu, o mais infeliz dos cavaleiros. Faça o que tem que fazer – disse o nobre, sem forças.

– Não o farei. Viva com sua formosa Dulcineia, Dom Quixote. Mas, pelas leis da cavalaria andante, cumpra o combinado: retorne a sua casa e só volte às aventuras depois de um ano! Não se esqueça: um ano de reclusão! – disse e partiu, deixando um rastro de poeira para trás.

O Cavaleiro da Lua Branca era nada mais nada menos que o estudante Sansão Carrasco. Arrependido de ter incentivado o herói a se envolver em novas aventuras, tivera a ideia de se fantasiar como cavaleiro andante e desafiá-lo. Acreditava que, recolhido em casa, na companhia da família e dos amigos, ficaria curado.

Sancho, atônito, cuidou do herói combalido.

– E agora, Sancho?! Terei que me enfurnar em casa durante um ano! Nada de aventuras!

– Dê graças aos céus por não ter quebrado as costelas, meu senhor. A queda foi feia. Venha! Vamos procurar algum lugar para passar a noite.

Sancho e Dom Quixote, moído, cavalgaram mais um pouco, quando, para surpresa do escudeiro, o herói disse:

– Veja, Sancho! Uma hospedaria!

Sancho não disse, mas pensou: "Meu patrão está ficando bom da cabeça. Não disse castelo...". Foram bem recebidos pelo dono da hospedaria. Dom Quixote, desolado, só queria se deitar. O escudeiro o levou para o quarto:

– Pronto! Aqui o senhor se recuperará! Providenciarei alguma coisa para comermos.

– Estou sem fome, amigo... – disse, amuado.

– Um ano passa rápido, meu senhor. Não desanime. Poderá ler os livros de que gosta tanto...

– Frestão os queimou, lembra?

– Então compraremos novos livros. Como não sou caixinha de segredos, posso lhe contar: a duquesa nos deu duzentas moedas de ouro!

Mas nada alegrava o herói. Sancho levou os animais para o estábulo e, faminto, perguntou ao dono da hospedaria o que teria para jantar.

– Peça qualquer coisa: aves, peixes, carnes... – respondeu o hospedeiro, muito gentil.

– Um frango assado bem temperado.

– Ih, esqueci que hoje cedo mandei vender os frangos na cidade... – disse o homem, coçando a cabeça.

– Então, um cabrito acebolado...

– Acabaram também, sinto muito. Final do dia... Distraí-me...

– Bom, então, toicinho com ovos, e não se fala mais nisso!

– Os ovos se foram... Uma raposa apareceu no galinheiro e os comeu...

– Mas, então, diga-me o que tem, meu senhor! Só não me diga que é...

– Sopa de legumes! Está uma delícia! O senhor vai adorar!

E o escudeiro, triste, lembrou-se dos dias esfomeados de sua época como governador.

22

De volta para casa

Pela manhã, acordaram bem cedo e partiram. Ao passarem pelo local onde perdera o duelo, o herói lamentou-se:

– Aqui foi Troia, aqui perdi tudo o que conquistei. Nada sobrou das minhas aventuras. Não devia ter duelado. O Cavaleiro da Lua Branca tinha um cavalo mais robusto que Rocinante. Bem que você me advertiu, Sancho. Não fui prudente. Mas em um ano recobrarei as forças e resgatarei minha missão.

– Assim é que se fala, meu senhor!

Seguiram adiante e passaram pelo bosque onde haviam encontrado as meninas vestidas de pastoras. Dom Quixote, teve um estalo:

– Sancho, e se nós, nesse tempo de recolhimento, também nos tornássemos pastores? – perguntou, animado. – Eu compraria ovelhas e todo o material necessário para a atividade. Eu seria *Quixotiz*, e você, *Pancino*. Andaremos pelos campos cantando, sentindo o ar puro, recitando poemas, bebendo a água fresca dos rios. As árvores nos darão frutos e sombra. De dia teremos o calor do sol, e, à noite, a beleza das estrelas.

– Essa é a vida dos sonhos! Aposto que Sansão Carrasco e o barbeiro Nicolau também se juntarão a nós. E até o padre!

– Sansão será *Sansonino*, e Nicolau, pastor *Nicolino*. O padre será *Padrinoco*. E cada um de nós terá uma pastora. Dulcineia nem precisa mudar de nome. Tanto é nome de princesa como de pastora. E sua Teresa?

– *Teresoca*?

– Ótimo! Temos que providenciar os instrumentos também: flautas, tambores, guizos, pandeiros...

– Sim! E, na hora do almoço, Sanchica nos levará a refeição.

E assim foram, animados, fazendo planos para o projeto pastoril. No retorno, passaram pelos mesmos lugares da ida: o castelo do duque e da duquesa, o rio Ebro dos barcos sem remo, a aldeia dos zurros, a jaula dos leões e a entrada de Toboso.

– Sancho amigo, você não se esqueceu dos açoites, não é? – perguntou o herói.

– Meu patrão, não consigo acreditar que me açoitar vai desencantar a formosa Dulcineia. O que tem uma coisa a ver com a outra? Algum herói dos livros que leu fez isso?

– Não me recordo. Mas, agora, nem sou mais cavaleiro andante... – disse Dom Quixote, desanimado.

– Se quiser, posso me açoitar. Mas temos nosso grupo pastoril! E Dulcineia vai gostar!

Caminharam mais um dia, sem grandes acontecimentos, sempre parando para dormir ao pé de uma árvore ou em hospedarias. Depois de quase seis dias, do alto de um monte, avistaram a aldeia. Sancho, emocionado, ajoelhou-se.

– Ó aldeia minha! Aqui retornamos, Dom Quixote e Sancho Pança, seus filhos!

– Renascemos das cinzas, como fênix. Agora somos *Quixotiz* e *Pancino*! Que venha a vida pastoril! Vamos entrar com o pé direito!

Desceram o monte e, ao entrarem, a meninada fez um alarde:

– Dom Quixote e Sancho voltaram!

– Viva!

A criançada os rodeava aos berros. Foi uma alegria. A gritaria chegou aos ouvidos do padre, de Nicolau e de Sansão, que largaram tudo o que faziam e foram para a praça. Dom Quixote apeou e abraçou cada um.

– Graças aos céus! – disse o padre no maior contentamento.

– Bem-vindos! – disse o estudante.

– Que bom que retornaram! – disse o barbeiro.

Foram em direção à casa do nobre em comitiva. Com o alvoroço, Teresa Pança e Sanchica correram para ver o que era.

– Então? Cadê a ilha? É governador ou não é? – perguntou Teresa, ansiosa.

– Fui governador por uma semana, para nunca mais. Mas agora seremos pastores e poetas!

– Isso é coisa de Dom Quixote, não é?

A mulher puxou o marido pela mão, e a filha o puxou pelo cinto, enquanto a sobrinha e a governanta recebiam o tio e o patrão.

– Titio! Que alegria! – disse uma.

– Meu patrão! Graças a Deus! – exclamou a outra.

Entraram em casa, e Dom Quixote contou sobre sua derrota e a promessa de lá ficar durante um ano.

– Cumprirei à risca. Nada de aventuras e de armas – disse o nobre.

– Que bom, titio! Ficará em casa repousando.

– Não. Sancho e eu seremos pastores. Comprarei ovelhas e sairemos pelos campos em uma vida pastoril. Se quiserem, podem se juntar a nós – convidou, dirigindo-se aos amigos. – Sansão será *Sansonino*; Nicolau, *Nicolino*; e o padre, *Padrinoco*.

Todos ficaram surpresos com aquela ideia estapafúrdia. Porém, ao mesmo tempo, pensaram que já era um avanço, bem melhor que lutar com gigantes ou moinhos de vento. Sansão logo aderiu:

– Eu, como poeta, entro no grupo pastoril! Precisamos dar nome a nossas pastoras!

Depois que os amigos se foram, a sobrinha e a governanta, aborrecidas, reclamaram:

– Titio, agora era tempo de descanso, de reclusão.

– A vida de pastor é dura, meu patrão. Sol a pino de dia e à noite o frio do inverno. O senhor não aguentará. Não é melhor cuidar da fazenda?

– Sei o que fazer, minhas filhas. Cavaleiro ou pastor, não me esquecerei das minhas obrigações. Agora, ajudem-me a ir para o quarto, pois não me sinto muito bem.

As duas o levaram e lhe ofereceram o jantar, com muitos mimos e carinhos.

23

O fim de Dom Quixote?

Como tudo que começa acaba, chegamos ao final da nossa história. Infelizmente, as coisas não se passaram como o herói planejou. Naquela mesma noite, sentiu uma febre que o deixou acamado por seis dias. Seria pela decepção da derrota? Pelo cansaço de tantas aventuras? – perguntavam-se todos. Os amigos o visitavam, e Sancho não saía do seu lado.

– Ânimo, meu patrão, nosso projeto pastoril nos espera! – disse o escudeiro.

– Já comprei dois cachorros para guiar nosso rebanho – disse Sansão.

Chamaram um médico, que não foi nada animador:

– Ele está com o pulso fraco. Sinto dizer, mas é muito grave...

A sobrinha e a governanta caíram em prantos, mas Sancho, sem acreditar no que acontecia, disse:

– Meu senhor, por favor, esqueça a derrota. Lembre-se dos cavaleiros dos livros. Nunca perderam um duelo? Mas depois se reergueram!

– Meu bom amigo Sancho, só quero dormir um pouco, nada mais.

Depois de muita insistência, deixaram-no sozinho. Dom Quixote dormiu seis horas seguidas. A sobrinha e a governanta, desenganadas, acreditaram que não se levantaria mais, quando, de repente, o nobre acordou:

– Graças aos céus! Estou curado!

As duas correram para o quarto.

– Tenho o juízo perfeito! Graças a Deus! Recuperei a consciência. Não sou mais Dom Quixote, sou Alonso Quixano, o bom, como diziam. Não me interessam mais os livros de cavalaria. Não quero ouvir falar deles nunca mais. Mas sinto que não tenho tempo e não quero morrer com essa fama de louco. Fui louco, mas agora tenho juízo. Minha sobrinha, chame os amigos. Quero me confessar e fazer meu testamento.

E logo o padre, Nicolau e Sansão entraram no quarto.

– Amigos, tenho uma boa nova! Estou curado. Voltei a ser Alonso Quixano, o bom! Não quero ouvir falar de *Amadis de Gaula* e de nenhum outro cavaleiro andante. Sei de toda zombaria e perigos por que passei. Mas sinto que vou morrer e quero fazer meu testamento. Sansão, poderia chamar o escrivão? E procure por Sancho!

Boquiabertos, não sabiam o que fazer nem como agir, até que o padre disse para o estudante ir sem demora. Mais tarde, Sancho e o escrivão chegaram. Com todos os amigos presentes, Dom Quixote proferiu seu testamento:

– Deixo minha fazenda para minha sobrinha, Antônia Quixana. Deixo a minha governanta o suficiente para cobrir os salários atrasados e mais duzentas moedas. Na minha loucura, fiz Sancho Pança meu escudeiro; todo o dinheiro que lhe dei agora é dele, pelos salários atrasados. – E dirigindo-se ao escudeiro: – Sancho, perdoe-me por todas as maluquices que aprontei. Creio que também o enlouqueci e o fiz acreditar em cavaleiros andantes!

Sancho, às lágrimas, sem entender aquela mudança repentina, tentou animar o patrão:

– Meu senhor, nada de ficar na cama! A maior loucura é não lutar pela vida! Vamos ser pastores e procurar Dulcineia!

– Sancho tem razão! – disse Sansão.

– Meus queridos, sou Alonso Quixano, o bom. Lembrem-se de mim assim. Fui louco, mas agora tenho juízo.

Três dias depois, o nobre morreu em seu quarto, sem perceber, calmo e sereno. Os amigos sentiram um vazio no peito, e a aldeia se encheu de tristeza. Alonso Quixano e Dom Quixote iam fazer falta, o primeiro pela bondade e generosidade, o segundo pela nobreza e pelo ideal de um mundo melhor e mais justo.

Dom Quixote vive

Miguel de Cervantes lançou *Dom Quixote de La Mancha* em 1605. O livro fez tanto sucesso que até hoje, mais de quatrocentos anos depois, lemos suas aventuras.

Dom Quixote é considerado o primeiro romance moderno e um dos maiores clássicos da literatura universal. O livro – um sucesso de vendas, desde o lançamento – inspirou compositores e, mais tarde, foi adaptado para o teatro e o cinema. Foi traduzido em vários países e adaptado até para história em quadrinhos.

Muitos artistas, como o nosso Portinari, retrataram as aventuras do herói e de seu fiel escudeiro.

Dom Quixote se tornou tão popular que seu nome deu origem ao adjetivo "quixotesco", utilizado para designar uma pessoa que, apesar de toda dificuldade, sonha e luta por um ideal.

Sobre a adaptadora

LUCIANA SANDRONI nasceu no Rio de Janeiro, em 1962. Escritora e roteirista, já publicou vários livros voltados para crianças, como *Ludi vai à praia*, o primeiro título de uma série de muito sucesso que inclui *Ludi na chegada da Família Real* e *Ludi na Revolta da Vacina*, entre outros. Por este último livro, recebeu o Prêmio Carioquinha, da Prefeitura do Rio de Janeiro e o prêmio O Melhor para Criança, da FNLIJ. Por *Minhas memórias de Lobato*, conquistou o Prêmio Jabuti, da CBL, na categoria Melhor Livro Infantil.

Sobre a ilustradora

ANA MATSUSAKI nasceu em São Paulo em 1986 e desde muito cedo se interessou por tudo o que envolvia a palavra e a imagem. Formada em *design* gráfico, abriu seu próprio estúdio de ilustração em 2015 e desde então já ilustrou cerca de vinte livros e trabalhou com as principais revistas e editoras do país. Em 2020 lançou o seu primeiro livro como autora, *A colecionadora de cabeças*. Em suas ilustrações, gosta de experimentar e misturar diversas técnicas, como carimbo, colagem, lápis e nanquim. Para conhecer mais seu trabalho, visite www.anamatsusaki.com.

A marca FSC® é a garantia de que a madeira utilizada na fabricação do papel deste livro provém de florestas que foram gerenciadas de maneira ambientalmente correta, socialmente justa e economicamente viável, além de outras fontes de origem controlada.

Esta obra foi composta em Crimson e impressa em ofsete pela gráfica Santa Marta sobre papel Alta Alvura da Suzano S.A. para a Editora Escarlate em maio de 2024.